Marco Aurélio de Souza

Os touros de Basã

KOTTER EDITORIAL

Editor
Sálvio Nienkötter

Editor-adjunto
Raul K. Souza

Produção
Cristiane Nienkötter, Raul K. Souza e Valsui Júnior

Capa
Cleber Orsioli

Fotografia
Celso Margraf

Editoração
Fernando Ribeiro

Dados Internacionais de Catalogação na Publicação (CIP)
Angelica Ilacqua CRB-8/7057

Souza, Marco Aurélio de
Os touros de Basã / Marco Aurélio de Souza. – Curitiba : Kotter Editorial, 2018.
110 p.

ISBN 978-85-68462-94-2

1. Contos brasileiros I. Título

18-2201 CDD B869.3

Texto adequado às novas regras do acordo ortográfico de 1990, em vigor no Brasil desde 2009.

KOTTER EDITORIAL

Rua das Cerejeiras, 194
CEP: 82700-510 – Curitiba – PR
Tel. +55(41) 3585-5161
www.kotter.com.br | contato@kotter.com.br

1ª edição
2019

Os seres humanos formam estranha fauna e flora. À distância parecem insignificantes; de perto tendem a parecer feios e maliciosos. Mais do que tudo precisam estar cercados de suficiente espaço – espaço, ainda mais do que tempo.

[Henry Miller em **Trópico de Câncer**]

O animal está mais próximo de nós que o homem.

[Franz Kafka]

Sumário

7 | O lobisomem de Ponta Grossa
17 | Scrap Buk
23 | Coluna social
31 | Demudado
39 | Coberto de razão
47 | Animal fronteiriço
53 | Horário de pico
63 | Passar bem
71 | Procurando pela realeza
79 | Os touros de Basã
89 | Briga de torcida
99 | Loucuras de amor
109 | Satanás

O lobisomem de Ponta Grossa

DESDE A ESCOLA que eu cantava essa bola, por estranha e inusitada que fosse. Eram os idos de noventa. Nos portões da vizinhança, velhacos falidos professavam sua fé num milagre econômico mediante o arranjo de garrafas pet sobre os relógios contadores de luz. Pipas rasgavam o horizonte da vila com seus nervosos balés. Embora recém colocado, o asfalto da Madureira já se esburacava com o peso das intempéries e dos caminhões. Nos cafundós da Nova Rússia, eu frequentava assíduo peladas de fim de tarde. Era pequeno, mas flagrava certas estranhezas em Juliano. Piras e esquisitices, algum desajuste social; sei lá. E os sumiços inexplicáveis em pleno meio da semana? Nele, jamais a rotina maçante da família apinhada à sala de estar, sob o bafo da televisão colorida com sua hipnose global. Estranho, o Juliano.

Os sintomas já estavam todos lá. A nossa turma, quando ainda era nossa e estava reunida na mesma classe escolar, gazeava as aulas de matemática fumando bombas de hidrogênio na saudosa praça do beque. Provocando o espanto nos mais novos, Juliano ignorava as lições da natureza caindo de cabeça em sacos plásticos cheios de cola, babando-se inteiro em seus flertes com a demência. Nisso eu já previa destas cenas meio medonhas, fitas que saltam aos olhos de qualquer vivente, mas passam ao largo da mãe do maluco — ela costura remendos no pano do mundo para que, escandalosas e purulentas, as feridas do filho não escancarem à vista, se bem que brotando aos montes no corpo do noiado.

Naquele guri de olhos espiralados, tão gasto quanto o freio era o seu senso de direção. E se havia um norte na sua vida, eram as luas que pintava delirante nas paredes do quarto e no forro carcomido do seu planeta particular. À revelia das fotonovelas pornográficas e das putinhas maconheiras reprovadas na sétima série, Juliano se masturbava admirando a lua cheia. E me jurava conseguir gozar nela.

Juliano também foi o primeiro da turma a desfilar penugens castanhas acima dos lábios, ostentando um esboço de bigodinho feliz. Imponentíssimo, por certo, àquela idade de paixões em magazine. Nos corredores polacos da piazada à flor da pele, até conquistou certo prestígio pela precocidade da barba, ainda que rala e estacionada por longo período no primeiro centímetro. Um improvável símbolo de masculinidade que se agarrava no suor do rosto arredondado, formando sujeirinha ridícula em formato de nuvem.

Reafirmando a posição dentro do grupo, trazia benzina para o banheiro da escola e, molhando as mangas da camiseta suada, cheirava e me fazia cheirar aquele perfume venenoso, tóxico até dizer chega, tão cheio de deslumbres e despudores. Nós desabávamos no piso sujo do WC limpando com nosso uniforme aqueles mosaicos de barro e urina — o mijo dos colegas respingando dos mictórios entupidos de pentelho e chiclete. De minha parte, ria feito um mendigo avariado que tirou a sorte grande na lixeira. Juliano, por sua vez, comia com casca e tudo a banana da merenda, às gargalhadas, como uma besta, e tudo isso naqueles dois minutinhos em que o baque batia e logo voltávamos à realidade dominante, com o tédio de sempre a nos assombrar: nossa juventude tão vulnerável, sempre à mercê da sorte ou da sua falta. Na terceira vez em que cheiramos juntos daquele perfume, misteriosamente, o rosto bolachudo do menino se afinou.

Daqueles anos, o meu colega de traquinagens e pequenas lambanças modificou passo a passo suas formas. Emagreceu feito um anoréxico, sua tez se tornou mais peluda e, em decorrência do abuso cocainômano, presumo, acumulou feridas, cicatrizes e lavras doentias pelo rosto. Mapeando sua feição, rugas imensas contam a história de uma velhice antecipada; a sua peregrinação. Tais marcas, porém, agora quase ocultas, escondem-se sob a pelagem grossa do rapaz, empelotada pela sujeira das ruas. De todo modo, percebe-se que Juliano passou por uma profunda e inabitual metamorfose: deixou seu lado homem soterrado no porão das lembranças para, entre mocós e bocadas, transitar no perigoso cruzamento da indiferenciação animal — nem homem nem bicho, uma degeneração repulsiva qualquer.

Quando nos vimos pela última vez, confesso não o ter reconhecido de primeira. Àquela altura, sua mudança já se mostrava incontornável. Antes disso, no entanto, nos encontramos ainda algumas vezes pelas ruas do centro. Depois que passou a rosnar, vi-o em frente ao shopping da cidade. Imenso constrangimento. Receio que, caso o amigo de infância mantenha suas faculdades empáticas em dia, tenha flagrado o meu desconforto diante da sua presença — digamos — extravagante. A despeito de nossa mútua identificação, eu não queria manter qualquer vínculo, por minúsculo ou irrelevante que fosse, com aquele monstro zumbi. O que não quer dizer, é evidente, que o meu incômodo não fosse o fruto de um medo ou instinto. Eu precisava era entender.

Noutra ocasião, passeando no parque com a namorada, avistei-o na quadra seguinte. Juliano fazia acusações incompreensíveis (destinadas a mim, quem sabe?), jurava vingança, esbravejava aos quatro ventos sua raiva de gente *dinheirista*. Não me pediu trocado, sequer puxou da memória alguma farra embaraçosa dos nossos tempos de convívio. O fato é que, por impulso ou resquício de laço, ele me estendeu a mão e, em virtude do gesto, por três noites seguidas alimentei pesadelos com o homem. Ou melhor, com o garoto. Piá ainda, Juliano me acertava cusparadas catarrentas na cabeça enquanto, trôpego e ofegante, eu fugia de sua ameaça pelas ladeiras desmoronadas da Madureira.

Os demais encontros foram todos tão breves quanto fortuitos. No mais casual deles, convidou-me para fumar pedra no banheiro da praça. Recusei e, como de praxe, pediu-me a nota de dez — esmolei uns trocados, lamentando a necessidade que demonstrava. No outro, cada qual a seu lado da rua, Juliano me convidava para um papo de vagabundos, reivindicando parentesco. Efusivo, tratava-me por seu primo diante de um flanelinha que, ignorando a tensão crescente, o açoitava carinhosamente com um seu boné encardido do posto Shell, feito os dois fossem velhos amigos que, aproveitando o mormaço da tarde, matam saudades do que já não é mediante um encontro inusitado. Dei um sorriso amarelo e acenei, dizendo nem sim nem não, torcendo pra que o bastardo não me atrapalhasse o caminho. Deste episódio, fiquei com a certeza de que Juliano me reconhecia, de que lembrava de meu rosto e de nossas circunstâncias, mesmo que as cartas estivessem claramente embaralhadas — de modo permanente, aliás — em sua cabeça selvagem.

De resto, incomodava-me sobremaneira sua figura decadente. Agora volumoso, nem de longe seu bigode graúdo me remetia ao antigo buço penugento. Nele, pendurava-se um denso filamento de ranho em verde musgo. Por um momento, fitando aquela secreção asquerosa, tive pena do rapaz. Compadecimento que, é bem verdade, murchou repentino, tão logo rememorei sua verdadeira índole: a má influência que, desde sempre, queria me empurrar para a perdição. Sozinho em seu impulso suicida, Juliano ultrapassou mais um limite — quem sabe o último antes da morte —, assumindo de vez sua duplicidade identitária como um dado natural.

Vê-se que, a julgar pela qualidade das últimas entrevistas, já não se esperava do vizinho uma postura de bom moço — o playboyzinho bem vestido e perfumado, querendo impressionar sua mocinha. O que vi naquele domingo, porém, foi nada menos que sinistro. Era semana de festival. Ingresso em mãos, dirigi-me ao espetáculo que, valessem os flyers de divulgação, prometia ser uma daquelas peças cosmopolitas de vanguarda que, à sensibilidade interiorana, soam às senhoras da província como um tremendo despautério — os cenhos não franzem pelo excesso de botox, mas haverá ênfase na crítica de segunda e algum destaque negativo na coluna social. Então me deparei com o retrato horrendo e inesquecível: o casal de sem tetos que trocava carícias numa calçada do centro.

No sinaleiro da rua XV com a Augusto Ribas, os despudorados festejavam núpcias feito estivessem no mais luxuoso dos motéis gourmet da região. Pouco se lixavam com a minha espiadela. Pouco se lixavam com o fato de que, efetivamente, qualquer passante pudesse observá-los ali, em pleno coito alucinado. Movendo a pélvis em posições desconcertantes, mostravam ao mundo que, à revelia das distinções sociais, a todos o amor fere e mata igualmente, embriagado com seu senso implacável de justiça.

Em transe, copulavam numa qualidade de *kama sutra* de párias intocáveis e mendigos com cara cheia. O diabo é que eu conhecia o aparente macho do casal: Juliano, o próprio. O bom de bola da vizinhança, o cheirador de benzina e fumador de craque. E o desfecho daquele intercurso me comprovou uma antiga tese que, demasiadamente irracional para que eu a pusesse à prova entre os amigos, embora sufocada ou constrangida, sobrevivia nas maquinações silenciosas da mente.

Fiquei de canto, observando. Com certa delicadeza de trato, a parceira de Juliano abria a braguilha do jeans ensebado e segurava seu pênis mole em movimentos de vai e vem. Quase não se distinguia o que era púbis do que eram as mãos do craquento, posto que tudo ali resumia-se a tufos enormes de uma pelagem embaraçada. Os fios compridos de cabelo e barba, os pelos do peito ou das regiões mais recônditas, todos eles pareciam instantaneamente crescer e engrossar como se num passe de mágica. Cresciam, mas cresciam na exata medida em que o ato se conformava. A fêmea, que não era miúda, quase sumia na topografia bárbara de seu macho. Baixando as calças de sua namorada, Juliano encaixava parte com parte. Bem postados, os dois faziam de lado, compassados, o rito sagrado da procriação. Apesar de explícita, até pornográfica, a cena me broxava em todos os sentidos, fazendo com que o pênis desejasse virar pelo avesso, constrangido pela sujeira imunda do sexo bestial. Não obstante, num ato de voyeurismo que me era completamente estranho e inexplicável, como que hipnotizado, eu continuava observando.

A transa seguia sem pressa. Passados uns instantes, o conflito chegou ao seu ápice, e com um elevado grau de impossibilidade me corroendo os olhos. Limpei os óculos para me certificar de que via bem. Do vagar inicial, o movimento contraventor se acelerou, conforme a natureza manda e o homem obedece. O inesperado ficou por conta de Juliano que, ouriçando por inteiro a pelagem, definitivamente ganhou aspecto que não cabia em seu corpo magricela de dependente químico. Juliano inflou, tornou-se criatura de aparência suntuosa e agressiva. Enquanto relinchava os seus grunhidos, deixava entrever sua dentição apodrecida que, tal como a pelagem, também assumia novas feições. Afiados os caninos, já era um verdadeiro monstrengo de filme de terror em preto e branco.

Pensei em gritar, fugir, buscar ajuda, mas o corpo desencontrava reações. Não havia nada que dizer sobre aquilo. Por certo, contando minha história eu seria acusado de insanidade. E se tudo não fosse mais que uma sugestão noturna, uma falha nas sinapses, uma ilusão causada pelo medo? Aquele era Juliano, meu antigo colega de escola, e tudo o mais era o devaneio de um sujeito afeito a delírios. Não obstante, o bichano não dava trégua. Continuava feroz, transando sua parceira e me despertando o pânico noturno, além da culpa sorrateira que brotava pela omissão diante de um eventual crime — talvez estupro ou até feminicídio. Naquele momento, confesso, fui covarde: deixei a esquina em que o caso acontecia e, abandonando por completo os planos da noite, voltei ao meu carro, a duas quadras dali.

Nunca mais nos encontramos, eu e Juliano. Assumo, inclusive, o meu desejo egoísta de evitar tão exótica figura. Naquela mesma noite, contudo, antes de chegar ao automóvel, assisti ainda ao movimento derradeiro deste espetáculo insólito. Clímax amoroso ou aterrador, eu vi Juliano, ou quem quer que fosse aquilo que urrava de prazer, eu vi Juliano pelo espelho retrovisor de um Celta prata que topou comigo — seu pneu traseiro inteiramente avançado sobre o passeio. Assumindo de vez sua identidade canina, a aberração uivava loucamente, com a cabeça voltada para o céu, numa noite que, para dizer o mínimo, doía na alma, de tão bonita. Senti um arrepio na espinha e, embora assustado, concluí pela confirmação da minha antiga e fantástica hipótese a respeito do amigo, aquela que eu guardava a sete chaves no escuro da cachola, sob a pena de ter cassado o registro de sanidade mental. Noutro reflexo, agora no capô do meu Fiat, Ponta Grossa inteira se revelava nítida, numa paisagem varada de constelações. Respirei fundo e, com a cautela de um homem de fé, procurei desesperado pela chave que me levaria para algum outro lugar, de preferência bem longe dali, enquanto

Juliano — que já não tinha qualquer traço do piá cheio de marras que me visitava sem aviso nas tardes de tédio dos anos noventa e seus arrabaldes — chegava ao orgasmo mais uma e mais uma e ainda outra vez.

Em meio aos gritos escandalosos, a noite pulsava e nos entregava a figura de uma imensa, reluzente e enigmática lua cheia. Com exuberância sertaneja, a superlua banhava o casal repugnante, provocando uivos cada vez mais demorados. Decerto que aquela cena me marcou. Afora o tom pitoresco, o quadro iluminava. Naquele instante, compreendi que, a despeito de tudo que o prende na sarjeta enlameada, aqueles serão os únicos banhos que, vez ou outra, Juliano tomará ainda pelos becos e esquinas da cidade. Para o espanto dos transeuntes, dando-se ao luxo de expressar o improvável, tendo também a sua cota merecida de carinho e, vá lá, inclusive algum amor.

Scrap Buk

QUEM SOU EU? Apenas uma garota que cresceu e não deixou de sonhar. Aquela com a alegria de uma criança e a malícia de uma mulher. Mas não se engane: a garotinha pode fazer da tua vida um verdadeiro inferno! A vida é dura na quebrada, meu amor. O bagulho é louco — mais do que você pensa ou consegue imaginar. E se eu não tenho nada, sou professora em fazer a cabeça do bicho homem. Duvida? Pergunta pro Mateus, pro Dedé, pro Tonhão. A malucada viciada no meu corpo feito eu fosse pó ou pedra, bem mais até. Sou a rainha das fissuras.

Inveja de mim? Entra na fila. Fica atrás da Fabíola, jararaca que vive botando olho gordo pra cima dos meus esquemas. Tudo culpa da inveja. Vadia dos infernos. Ninguém inveja o feio — o ódio dela é que faz o meu sucesso. Legal eu sou, mas não abusa. Já desço do salto se você me azucrinar demais. Me odeia por ser linda? Me odeia por pegar geral? Sou sagitário, neném, então não se mete com quem tá quieto, ok?! Enquanto você trabalha pro meu azar, vou construindo meu sucesso.

Na balada só fico de olho. E as invejosas atravancando a curtição, metendo o nariz nos meus casos, biscateando com todos que fiquei. Assim com o Germano do mercado, assim com o Kleberson, dançarino da boate. Assim também com o Polaco e com todos os gatinhos, assim toda vez. Elas me invejando e eu pegando geral, fazendo fama pra deixar as vagabas ainda mais loucas. Você querendo roubar os homens — mas e o pneu pulando pra fora da blusinha de brechó? Eu sou mais eu, minha querida. Não baixo no nível das faveladas. Elas que corram pra formar a clientela.

Puta da cara só fiquei pelo João. Na danceteria, a primeira vez. Baile funk do gaúcho. Motel que nada! Me levou pras ruazinhas no arredor da catedral. Levantou a minha saia, depois passou celular, mandou mensagem SMS. Falamos na net final de semana, encontramos na praça quando chegou a domingueira. Já foi da Fabíola também. Mas a pira passou e, quando ele me catou, você ficou só de olho, né não, lambisgoia? Aposto que já foi fazer minha caveira. Falou e difamou, chamou de puta, mas puta mesmo é quem me chama. Os caras ainda me secavam no terminal. E ela? Encalhada outra vez...

Sua inveja só me fortalece. Peguei o Danilo no busão aquela noite. Ele me levou pro barraco da mãe dele, três dias morrendo de tanto me catar. Forte o jeito que o Danilo me pega. Amo quem me ama, quem me odeia que si foda. O Jorginho, filho da puta, comeu e saiu falando merda. Azar o dele, escorregou a fila anda. Vai lá procurar tuas negas. A Jaqueline, que foi dar por profissão. Só ele que não vê. Trabalhou pra Baronesa. Às vezes, vejo a guria quase pelada, beirando homens no Danúbio Azul. Nem digo nada — Danilo é burro por querer. Desejo por puta é atraso de vida. Mas o João não era assim, tinha carinho e me pagava chocolates, comprava anéis e mais bijus no calçadão — e a vagabunda vem melar o meu esquema? Ainda pego essa cadela desgramada.

Eu tava com o João e o Danilo me aparece. O Danilo era só curtição, do João é que eu tava afim. A gente trocou umas ideias, ele me chamou de gostosona, disse que queria coisa séria, tava no jeito de namorar. Ela se enfiando pelo meio. Não se toca, a megera de uma figa. O João mandando até depoimento no Orkut "ti amu gostosinha, eternamenti nois dois juntinhos", S2, bju molhado, coisarada e tal. Mostrou a foto pra todo mundo, disse que me queria pra galera que vigiava meus esquemas da internet. E eu agora sou novela pra geral me acompanhar?

Ela me vigiava, mas eu vigiava ele. Pensa que não vi os recadinhos que ela mandou? Os dois de bafafá no scrapbuk. Depois até me bloqueou no perfil dela. Homem é tongo por natureza, mas a mulher tem que fingir que é bocó. Deletei do celular a palermada da vila. O João é outro burro, fechou os recados pra mim. A Fabíola é quem foi falar do Danilo.

Não larga de mim, a invejosa. Te incomodo? Que pena. A minha imagem é você quem faz, mas a minha vida sou eu que vivo, neném.

Agora até no bate-papo o João me excluiu. Tentei pedir desculpa, me mandou tomar no rabo. Chamou de vileira; quem vê pensa que é rico, o motoboy. Não quer, tem quem queira. Pisei na bola, mas não sou mulher de ficar pedindo arrego. Que ele também andou com outras, já sei. Falar de mim o quê, então? Ele que vá cheirar com as biscates que comeu. Do tipo que achou o pau no lixo. Cansei de ver o pavãozinho no *Big Nights*. A malacada tocando forte o terror e o corno manso se esfregando naquela branquela aguada, cheia de manchas e perebas pela cara. Trocou por isso, o coitado? Mulher feia de dar dó. Empelotada, aposto que aidética. No mínimo drogada. Magra daquele jeito, só mesmo fumando pedra.

A fila anda. Não fico parada. O Pablo saiu da cadeia. Dizem mal dele, mas o piazão leva jeito com mulher. Fazer o que se bandido me pega melhor? Diz que largou das coisa errada, tá pensando em se casar. Se marcar, casa comigo. Se der bobeira, caso eu e deixo o lóke na fiuza. Agora fica preso ne mim. Ele que faça acontecer e eu faço valer a pena. Não fico chorando por homem, tudo a mesma coisa. Não quer, tem quem queira. A Fabíola que faça bom proveito. Anda em cima do João que nem desesperada. Só falta botar a xoxota na cara dele. Buxo véio. Comigo a fila anda. Ainda faço um estrago naqueles beiço gordo.

Gostou? Pega senha. Pegou senha? Final da fila. Final da fila? Espera tua vez. Chegou tua vez? Pega de jeito. Pegou de jeito? Dá valor. Não deu valor? Abriu pra concorrência. Não me quer? Tem quem queira. Quer de novo? Desculpa, mas figurinha repitida não completa álbum. Me odeia? Tente me superar.

Então comigo sou assim: alguns acham que tenho vida loka, mas sou mesmo é sussegada. Vivo apenas o presente, sem chororô no passado nem papo furado pelo futuro. Faço a cabeça do bicho homem feito fosse pedra ou pó. Duvida? Sou a rainha das fissuras, bem mais até. Se não me quis, ainda vai querer me namorar. Sou capaz de transformar seu sonho em realidade. Tire suas próprias conclusões, me julgue pelos meus erros, me odeie pelas minhas vitórias, me ame por quem eu sou, mas me conheça antes de acreditar no que as invejosas falam de mim. Não sou melhor nem pior: apenas uma garotinha que cresceu e se tornou uma mulher única, especial, batalhadora e, com certeza, bem diferente de você.

Coluna social

NÃO É SEGREDO pra ninguém que nossa ordeira cidade, até ontem ostentando feição tão simpática, sempre amável em virtude de seus contornos delicados de bibelô interiorano, bem como por sua aura mágica, fraterna e pacífica de rincão mimoso, em tudo bem cuidado pelas gentes de estirpe e tradição que compõem a sua paisagem humana, tudo isso na mais temperada fusão de genealogias que é marca indelével de nosso povo, não é segredo pra ninguém que, de uns tempos para cá, iniciou-se de modo bastante agressivo um implacável movimento de modernização, crescimento industrial acelerado que, a despeito de suas reconhecidas benesses e da profusão de empregos que parece fervilhar no seu bojo, espalha soturno pelas ruas da cidade uma coleção de mendicantes que, por detrás de sua carapaça de sujeira, nos revelam o lado perverso da abertura capitalista que ora experimentamos.

Em caminhada de hábito, que realizo o mais cedo, logo pela primeira manhã, percorrendo o trajeto que liga o Jardim América ao parque central, pude constatar na última semana o fortalecimento desta fauna sombria que já habita vastas regiões de nossa área urbana, adornando com seu gótico peculiar e arbitrariamente os espaços públicos que antes pareciam de uma limpeza exemplar. Não pensem os senhores, contudo, que todos os pedintes são iguais. O relato que faço, neste sentido, busca alertar os munícipes para a diversidade do perigo, dado que, na extensão de pouco mais de um quilometro, já pudemos contabilizar dúzias e dúzias destes monstros citadinos que, por força do hábito, insistimos ainda em considerá-los homens. E eles são os mais variados.

Pertinho de casa, logo duas quadras adiante, há dois exemplares que dormem em frente a uma famosa concessionária, cujo proprietário, sabemos, é homem valoroso, da mais alta sociedade princesina e estimado confrade. De modo que nada podemos dizer antes de afirmar, categoricamente, que estes, os que se atravessam nos interesses do âmbito privado, são os piores – eis a mais pura verdade. Obstruindo vitrines, os pedintes não fazem somente espantar o olhar dos passantes e prejudicar o negócio local, pois um deles, parece, tem por costume o adentrar no mundo dos sonhos com as calças arriadas. Isso mesmo, o indivíduo perambula seminu. Assevero o atentado ao pudor não pelo que nele há de exceção, mas justamente pelo que se repete na imagem nauseabunda, pois, de minha parte, o flagra da nádega suja do homem já soma quatro ou cinco ocasiões, provando que a situação não se resume ao descuido de uma única noite, que bem poderia sofrer os efeitos de uma embriaguez.

Continuando a caminhada, logo se verá um segundo ponto habitual de mendicância. No arrabalde de um supermercado tradicional, o sem teto dorme com um vira-lata que, ato contínuo, é leal a seu amigo a ponto de, num único comando de grunhido, avançar no pedestre desavisado. Acuado pela fera, o transeunte sofrerá ainda o despautério de observar o mendigo solto em gargalhadas, satisfeito com tal situação embaraçosa, tomando calmamente seu destilado enquanto o cidadão de bem dribla em passos de samba a ameaça animal. Ao que tudo indica, o exemplar é dos mais nocivos ao cidadão, ao contrário de outros, praticamente inofensivos, que oferecem pouco ou nenhum risco ao passante. Este o caso, sobretudo, do pedinte da Silva Jardim, que senta no canteiro central da avenida e, afora destoar da bela arborização do local, nada faz exceto mexer-se freneticamente para frente e para trás, com as pernas coladas ao estômago e a cara um tanto cômica de pavor infantil, sussurrando uma reza ou um incompreensível pedido de ajuda, com sua língua atrofiada.

Nestas mesmas imediações, encontra-se, às vezes, uma horrenda figura que, inchado no rosto pela cicatriz recente, quem sabe inflamada, certamente o fruto de uma briga entre dois da mesma espécie, desenha em alto relevo uma beterraba aberta entre a bochecha barbuda e os olhos estalados de fúria, feito se um berne ou outro verme pior desbravasse sua carne buscando saída do corpo arregaçado. Fala sozinho, o rapaz. Sempre nervoso, parece cometer injúria eterna ao mundo circundante, de modo que cruzar com este coitado nos gera sempre uma sensação de que somos nós mesmos os que devem responder pela acusação genérica emitida em urros pela besta. É lícita, porém, a indagação íntima que todos fazemos ao cruzar com o raivoso: afinal, poderá crer ainda na piedade de um terceiro sabendo que seu comportamento é de tamanha vilta e ultraje?

Pouco adiante, nas escadarias de acesso ao ginásio para deficientes físicos, encontramos a primeira mulher de rua do percurso. Que a aparência de senhora não nos engane: esta gente envelhece muito cedo, por ação da bebida e dos ilícitos, sempre consumidos em excesso pela população daninha. É possível que a doida seja ainda muito jovem, senhorita até. Talvez por isso se apresente assim, insana, girando por sobre um ponto fixo e, em cada direção, liberando um pouco de sua saliva espumante, veneno de uma víbora resistente, posto que nunca dorme ou descansa, ao contrário de muitos do seu grupo social, que antes do meio dia nunca são vistos com os olhos abertos.

Ainda por ali, abaixo da escada, dando a mínima para a histeria da mulher giratória, dormem mais uns e outros que perfazem o contorno assombroso já denunciado. Dos cenários possíveis, parece, montam o mais distópico e desolador. Revolta perceber, contudo, que ninguém está a salvo do infortúnio e da miséria, pois é certo que, da janela do magnífico edifício Champs-Élysées, marco de nossa arquitetura moderna, o glamour se perde mediante a balbúrdia que os pedintes inconsequentes fazem na rua e, assim, seus moradores acabem tendo que conviver com tal paisagem ingrata diante do nariz. Rafael Tavares, importante empresário do ramo imobiliário de nossa cidade, respeitado por sua luta incansável em prol da sociedade princesina, sempre disposto e contribuindo com as ações do Lions Club, relatou-me nos bastidores sua tristeza relativa à miragem pesadelar que acampa todos os dias no horizonte de sua varanda multicolorida, cachoeira de flores que é a foz do amplo e elegante apartamento eleito pela família como sua residência principal.

Pelo quê de inusitado, porém, chamou-me atenção uma imagem observada já no ponto final do *cooper* matinal, em frente à Estação. É sabido por todos que ali, naquele local, proliferam, antes dos mendigos, as pombas, praga ainda mais difícil de extirpar e que, com sua aparência inocente e bobalhona, ofusca um grave problema de saúde pública, propagando doenças respiratórias em nossa população já tão sofrida pela falta de saúde e segurança, bem como pelos impostos mirabolantes que o governo cria, sufocando toda e qualquer iniciativa ou espírito empreendedor. Naquele espaço, pois, foi que vi o homem carregando uma pomba nos ombros. A cena chegava a ser jocosa, como se verá, já que, desfrutando do ombro amistoso, a pomba também oferecia os seus cuidados ao pedinte, que mal dava por si mesmo, quiçá pelo presente *muy amigo* que recebia.

Ocorre que entre eles havia uma curiosa relação de simbiose: a pomba limpava o sujeito e, em seu proveito, estufava ainda mais sua pança gorda de pipocas. A cabeleira desgrenhada do mendigo, que há muito não conhecia uma massagem em água quente, muito menos a carícia de um bom xampu e condicionador, certamente estava tomada pelas lêndeas e piolhos, alimento perfeito para o rato voador que, pequeno avestruz, engole tudo que encontra pela frente. O riso é convocado, porém, quando o observador se depara com a contradição inerente à figura grotesca. Se, por um lado, o pombo limpa o couro cabeludo do mendigo e o ajuda a se manter asseado, imaginem o que faz do outro lado, precisamente na justa parte em que, com seus pezinhos de pássaro deselegante, apoia-se feito fosse um legítimo papagaio de pirata?

Afora os risos, como se vê, os avanços que nossa cidade conquistou nos últimos anos trazem também um desconforto ou um resíduo que deve ser examinado com cuidado. Não quero, com meu diagnóstico, ir contra o progresso, que de resto seria, inclusive, surdo ao meu apelo, atropelando-me efusivo com sua voracidade industrial insaciável. Deixo, porém, um objeto de reflexão que visa melhorar a qualidade do convívio entre os munícipes de nossa estimada cidade. É verdade que ninguém sente prazer em passar pelas sinistras figuras aqui enumeradas. De fato, elas parecem ser um mal menor que, tal como o pombo a defecar nos ombros do mendigo, talvez sejam inerentes à nossa condição de cidade civilizada, desfrutando de uma relação de interdependência assemelhada à das criaturas anteriormente evocadas. Urge, por isso, que aceitemos o fato e passemos a meditar sobre os modos possíveis de lidar com tal problema, especialmente retirando a sujeira da vista de nossas crianças.

Sabe-se que os pequenos, por ignorância ou instinto, adoram brincar com o lixo. Devem, portanto, ficar longe dos mendigos. Mesmo porque — eis, enfim, o contraponto necessário à minha exposição um tanto negativa — nem só de miséria vive nossa caminhada rumo à civilização: anima-me o poder fofocar, em primeiríssima mão, que muito em breve contaremos com um novo *MacDonald's* na cidade. Festejemos o anúncio, e mais ainda porque, passarinho me contou, consta no projeto desta nova unidade a realização de um antigo sonho de nossa comunidade. Com um aconchegante e requintado parque infantil, por certo muito colorido e estimulante, no padrão de conforto e segurança que somente uma empresa internacional nos garante e proporciona, teremos, finalmente, o tão esperado *espaço kids* da marca. Será demais? Não parece... Diz o empresário da franquia que, para o porte robusto que em tão pouco tempo nossa cidade conquistou, ainda é pouco, na realidade.

Será o caso de ganharmos inda mais? Cá entre nós, um é bom, mas dois é bem melhor. O que vier à sequência será lucro. O importante, de fato, é a cidade ditar o ritmo do progresso sem perder a perspectiva da ordem. Mas, voltando ao papo dos hambúrgueres, só de falar no assunto bate logo uma vontade irresistível de comer uma das delícias daquela casa, não bate? Que os gordinhos e os que sofrem na tentativa hercúlea de adentrar num desses regimes impossíveis que o *personal tirano* nos impõe perdoem o cronista esfomeado, portanto, mas comer bem, ah!, entre todos os pecados, comer bem é certamente o mais gostoso — eu diria que é mesmo essencial.

Demudado

CONTA-SE QUE O homem, na verdade, vinha de outro estado, de terras alheias, reconhecido em longas paragens. Bem por isso, pouco sabia da nossa vila e das suas figuras mais arcaicas. E menos ainda do que se passava do outro lado, para lá da mata e do riachinho mequetrefe, já quase sumido pelo lixo despejado à margem. Daí que os moradores, depois do ocorrido, dessem de ombros dizendo que tudo não passava de um mal-entendido, fatalidade do acaso. Que um e outro acabaram mexendo com o cara errado, como que justificando a violência do forasteiro. Era por medo do inusitado? Ou, ao contrário, apreciavam mesmo ver os estragos que um rapaz forte, acometido por fúria satânica, podia se dar ao luxo de perpetrar?

Na versão corrente, a que se passa na vizinhança, estava o homem fraco, muito fraco, daquele jeito mais que fracote, os beiços tortos apontando a lateral do rosto, como que beijando as próprias bochechas de barba áspera e grossa, em ato de invadir, aqui na nossa vila, justo a casa vizinha à do moço de sotaque, procurando objetos fáceis de um manco levar. Só que o ladrãozinho cometeu barulho em excesso, despertando atenções indevidas. Errou no furto, mas nem disso se dava, de tão leléu. Continuou sua busca minguada e, no se evadir, deparou-se com o transtorno do peão enraivecido, que o acuava pelas beiradas do terreno descercado. Quando viu o moço, soube tanto da pancada certa que nem ao menos permitiu a si audácias bravas de tentar a fuga e dar no pé. Além de tudo era manco, o desgraçado.

Do feito do homem, quem nos atesta agora é a piazada vadia que, soltando pipa no descampado em frente, logo se esqueceu do afazer que aboletava as horas, curiosos ao avistarem o moço de fora fechando os dedos da mão, berrando palavras duras ao público da cercania pela primeira vez. O homem fraco teve a cara esfolada no chão de calcário. Nada dizia. A vizinhança logo se amontoou inteira. O justiceiro gritava ladroagem e imputava culpas ao rapaz insosso, inócuo gatuno. Alguns motivavam inda mais o justiceiro em sua zanga. Afinal, se o vagabundo roubasse dos que muito tinham, vá lá, mas a vila era humilde e, portanto, o crime tosco, inafiançável. E roubar vizinho é coisa que se faça? Pois já não era o primeiro. Havia uma onda de lambanças por aqui. Era craquento, o infeliz. Maldita droga, lamentavam os vizinhos de melhor índole, sorte haver homem disposto e honrado para cortar o mal bem cedo, pela raiz. Que bandido bom é bandido bem longe, lá pelas bandas dos condomínios da burguesada. Mas isso um e outro é que diziam. O povo em grosso se alarmava num silêncio agudo. Queriam ver no que aquilo ia dar.

O rapaz conclamava a todos para o linchamento. Ninguém se dignava. Ficava ele, sozinho, fazendo justiça com as mãos enormes e calosas. Trabalhador era o homem de fora, embora ninguém ali soubesse que lida tinha, nem que horas saía ao serviço. Ademais, recebia muita gente em sua casa, e as festas prolongavam madrugada afora, ecoando funks marotos e pornográficos em batidas infernais. Coisas da juventude, certamente. Dava pra ver o valor ordeiro do homem pelos músculos que, montanhosos, vazavam da camiseta suja. As mangas, curtinhas, adequadas à moda vigente, subiam com o calor do ato, desnudando o muque. Pegava pesado, pra valer. E o rosto do ladrão, essa hora, já perdia as formas, enveredando inteiro para os lados do beiço desalinhado.

Discretamente, à guisa de dever cumprido e consciência tranquila, liguei para os meganhas, que não vieram. E o supercílio machucado já formava corredeiras viscosas com o sangue do manco, seu curso sinuoso pelas pedras da rua em declive. O que o moço inquiria, sobretudo, eram informações que lhe diziam o respeito. Também a sua casa, uns dias antes, teria sido alvo de um bandido fuleiro, pé de chinelo como aquele. Afronta certa, se bem que de autoria desconhecida. Devia a si mesmo a paga morta do ultraje.

E quem seria se não o defeituoso de então, o que voltava à cena do crime sem dar pelo tamanho do perigo, arriscando a pele na vizinhança injuriada, louco de pedra, meio cego pela droga, já amansado pela situação esquizofrênica do seu isolamento? Levava bordoadas outra vez. E sempre, seguidamente, o forasteiro batia firme em resposta ao silêncio, exigindo réplica ao questionamento repetido: se era ele quem roubou o nosso anjo vingador.

Com o respingo sanguinário que pintava o mato do terreno em frente, as mães passaram a clamar pelo desfecho piedoso, orando as preces de mais valor. Em baixa voz, contudo, pelo susto. E pelo medo também, pois todos na vila já estavam temerosos de um confronto com a morte. Não encontrando respaldo no moço algoz para um ato de perdão, as mães puxavam pelos braços os filhos menores, os que ainda não detinham certa idade para o conhecimento dos óbitos. Uma a uma, as mulheres fugiam da cena, levando sua piazada à força, sob as ameaças, que ninguém ali queria perder o fim desse massacre, ainda que à custa de um pesadelo na noite seguinte. Teriam que se contentar com o relato dos mais velhos. E, para a sorte dos pequenos, quase todos tinham lá um seu irmão que não voltou quando do apelo das mães.

Eu tinha medo, também. Que a loucura, quando pega, não vai tão cedo. E morde e ferra e ensurdece: cutuca a paz do malfeitor e do inocente. O moço continuava batendo e gritando, gritando e batendo, querendo a todo custo uma confissão que não vinha, inquisidor de envergadura. Mas o bandido, para o espanto e cansaço do moço, não respondia nunca, nem um ah. Então bateu na multidão um frio estranho, na espinha ou na alma, feito estivéssemos na iminência de um bruto acontecimento — feito de importância, embora assustador. Era a sabedoria do povo que se insurgia, pois que o rapaz, logo em seguida, fez ultimatos à carcaça que borbulhava a seus pés, em sua réstia de vida. Que lhe dissesse qualquer coisa ou a paciência se esgotava, na consequência de um mau destino.

O rapaz colérico pediu ao Sapopemba, o dono da birosca, que segurasse o rato enquanto resolvia a questão. Ai de quem não o fizesse! O vizinho cumpriu o ordenado e, por dentro, muitos pediam em fé calada para que, da casa, o justiceiro estivesse a ligar para os gambés, e que esses, por milagre, viessem logo de uma vez. Mas não. Voltou o imigrante em ornamento de jagunço, com grande peixeira que reluzia o sol ardido. Muitas mulheres resolveram não mais ver. Mesmo os homens, no mais íntimo, lamentavam a ausência de limite que se figurava na tarde sinistra. A tensão era total. Refestelava-se o Demo.

Pegando o bandido pela camisa empapada de sangue, a outra mão firmada na espada, o torturador desaguou no momento clímax da peleja, pondo a balança em completa suspensão. E com olhos assassinos, tomados pela veia da pressão, indagou bem resoluto: *foi ou não foi, desgraçado? Diz agora, aqui, ou tu já não é nada, seu molambento...* E por um segundo, uns olharam os outros. Ninguém queria? Era o fatal? Foi que, numa coragem que nem mesmo era minha, senti a obrigação de dar palavra. O homem era mudo, afinal...

Mudo? — explodiu o moço contra mim. Sim, a verdade mais verdadeira, esse coitado não fala, respondi. O moço deu a vista aos demais. Confirmavam com a cabeça, em gestos leves. Qualquer movimento brusco poderia, por si só, alimentar a guerra, que já tinha ares de monumental. O forasteiro ameaçou dar com a faca no mudinho. Fez que ia e deu pra trás. Todos pularam em milímetro, esbaforidos. Gemiam baixo pra não fazer ouvir. Eu tinha pena, mas o receio era maior. Quase borrava as vestes, cagando em pé. Teria eu me arranjado pra cabeça? O homem não jogava qualquer pista. Parou o tempo no instante anterior.

Subitamente, promovendo o quase choque, o musculoso tatuado falou em riste, querendo muito saber: *e porque diabos vocês não me avisaram antes?... cambada de frouxos!* — e o xingamento ele nos cuspia com desprezo, encontrando nova desavença para lutar. Seria a morte da vila inteira, nosso holocausto particular? Porém, um segundo depois, o implacável valentão detonava uma imensa gargalhada, com muito gosto, rindo às pampas do desacerto, tranquilizando a nós todos que, aliviados, fazíamos plateia pro seu show. Avacalhara com o rosto do bandido e, como não perceber?, o danado nem ao menos reclamou. Era um forte, então, o mudo?

Mas o justiceiro ria, ainda. E por efeito de contágio, o riso se espalhava entre toda aquela gente, pois o povo sentia que aquilo enfim dava retorno à humanidade do vizinho. Que assim o perigo se esvaía, esfumaçava com os prazeres alegres, desinflava seu ardor. Pois pelo posto e ocorrido, era divino que a coisa se acabasse nisso, em final feliz. A vizinhança, deste modo, ria em conjunto e, dos velhotes aos piás, o riso ia tirando o fôlego de um por um: todos gargalhavam com barulho, uníssonos, querendo mostrar afinidade com o de fora. Alguns lacrimejavam pelo tanto, até. Outros se aproveitavam do momento para dar no passo e voltar à casa. Tudo na mais pura alegria. O povo desandava em risos contagiantes e eufóricos. Apenas o ladrãozinho manco, o fracote, o mudinho bandido é que não.

O coitado ao chão, estatelado, com a cara arrebentada, sangrando ao clamor da justiça popular. Em estado de pavor, o homenzinho não achava graça na piada em que se metera. Talvez porque não pudesse rir. Talvez porque nem mesmo soubesse o como fazer. Continuava sério, sisudo. Somente ele? E mais um, quero dizer. Havia ali mais um que assistia taciturno à possessão do mundaréu, sem que os dentes se mostrassem a ninguém. Naquele momento, ficaram ambos fitando um ao outro, em grande seriedade. O surrado craquento, gatuno sem voz, e esse que, ao vê-lo assim, carecido de urgências, sentiu-se cúmplice do crime acontecido e, confessando em consciência a própria culpa, chorou quieto, calado, mudinho também, com aspecto sombrio — subitamente demudado.

Coberto de razão

ANDO SENTINDO UM arrepio diferente por Larissa. Desse que entra pelo minguinho, sobe fazendo cócegas pela batata da perna e deixa o membro desossado em puro mármore — meu corpo todo, num fôlego só, torna-se rijo pela força do tesão. Qual o baque, um calorão me inverte as ideias da cabeça que, tonteando, goza o desejo e pede mais. Meu pau à frente, destemido e sempre avante. Dessas vontades meio malucas que não medem consequência ou motivação. E tudo isso me acontece na escola, logo à primeira vista. Rapaz, a danadinha me pegou de jeito, sim.

Não é que antes eu não gostasse da guria. Ao contrário, curto ela desde que entrou na escola, se bem que naquela época fosse só mais uma novinha. Entrou no sexto ano. Era miúda e fraca, parecia raquítica. Chamei a ela minha garça singela. Demorou um pouco, é verdade, mas a mocinha vingou. Surgiu triunfal daquele escombro, chamando a atenção de toda a piazada pra maravilha do seu corpo. No oitavo ano, já virou um mulherão, a miserável.

E que mulher: o peitinho saltou aos olhos. As coxas, Jesus Cristo!, torneadas, grossas, perfeitas de ver e pegar. Nem parecem com as de uma menina da sua idade, que até ontem brincava de boneca pelo corredor com as amigas. Pelas curvas que exibe no recreio, jamais alguém diria que a criatura sequer terminou o ensino fundamental. Está um estrondo, de tanta gostosura. Só que não sou piá de bosta, calouro do fundamental ou pivete recém-saído do jardim. Se me deixo cegar pela pressa de ficar com ela, acabo levando um corte daqueles — me lasco num baita vexame. E a piazada não tem dó. Afinal, se eu gosto dela, e se ela está me dando mole mesmo, a diferença de idade é só o que, no fundo, pesa um pouco na balança.

Um dia, durante o intervalo, peguei à roda das meninas um caderninho de confidências que passava aos risos de mão em mão. Fingi não dar trela e, discretamente, consultei na lista a eleição do mais gostoso entre as meninas. Na escolha de Larissa, a safadinha, o abençoado era eu. Com um empurrão desses, não dava mais pra me conter.

Investiguei suas preferências: só a igreja é que não bate, porque de resto... Posso até distorcer as coisas, talvez por força da paixão, mas a gente fecha mesmo em muitos lances. Nós dois piramos em camionete rebaixada, festa de gole e campeonato de som — encontro a doida em toda festa de rodeio, dando rolê. Das preferências da TV, uma comédia ou um filme de terror; nenhum de nós acha graça em Guerra nas Estrelas ou Senhor dos Anéis. Quando emprestei o meu pendrive, a mina pirou na sonzera. Dia desses, flagrei o seu rabão dançando atrás da quadra, entre as amigas. No sertanejo universitário, também vai bem. Difícil foi conter a dureza do pau ao espiá-la daquele jeito, tão sensual, quase fazendo um strip no pátio que pegava fogo. Dançou lepo-lepo feito fosse um funk proibidão. Imagina só se a roupa dela eu tiro? Que ela ia curtir, não tenho dúvida. A gente deve ser igual nisso também. Virar os olhos fazendo de mansinho; sem camisinha, que é bem melhor. Pois não é que até o time de futebol a gente torce pelo mesmo?

Então já era. Só tem um jeito de dar certo e esse jeito tem que ser nós dois. Com Deus no comando e o treme-treme do nosso amor no banco de trás. Minha mãe diz sempre que um dia eu sossego. Sei não, mas ando mesmo agindo meio diferente por esses dias. Sinal de maturidade? Sabe lá, só sei mesmo que já cansei desse rolê com a piazada da academia, de se acabar no gole e fazer treta na madruga: tô mesmo é procurando pela mina que me pregue numa sala de estar, o filme passando na telinha e os dois juntinhos no sofá, comendo pipoca domingo à tarde entre um amasso e outro — no vale-tudo, a trocação correndo a mil.

Daí que fisguei com os olhos a princesinha do 8º B. Quero a cadela obediente — senta, senta! Se bem que na escola é sempre ela quem comanda, não baixa a cabeça nem aponta vergonha. Também pudera, se nunca tentei nada mais quente com a baixinha, já faz tempo que sou eu quem a ajuda com os trabalhos. No 7º ano, aliás, se passou foi por minha causa, que o empurrão foi grande. Mesmo quando tô com outra, é ela a minha protegida. Daí que não seja de hoje essa atração maluca que me arde por dentro. O fogo da dengosa? Amostra de gratidão. Se cai no colo do papai e faz gostoso, esqueço a dívida que tem. Vou ensiná-la muitas coisas, ainda. Se não chupou até agora, vai conhecer meu bonecão.

Só que na escola não me arrisco. Já fiz loucura demais. O velho me encurralou nos flagras muito antes dela surgir. Arrependido eu não fico, mas consegue imaginar o estrago que uma ninfentinha à toa pode causar? O diretor aqui é foda. Ficou sabendo a punhetinha braba que ela batia no banheiro. Chamou a sério para conversar na sua sala, olho no olho. Fez jurar o nunca mais, quase chorou. Foi cena tensa. Não tiro sua razão, mas quando um carçudo arranja encrenca na escola, cadê os pais? Então vaza a fofoca de um namorico qualquer e logo vem uma mãe doida, cheia de direitos. Daí que, se o diretor me pega de novo com a mão na molhadinha, a promessa é de expulsão. De quebra, ainda fode com Larissa — merdas assim se espalham absurdas. Melhor mesmo é não dar bandeira nem forçar a barra, deixar rolar um papo aqui, uma apalpada por lá e marcar o gol no contraturno.

Só de pensar no fervo, o sangue já sobe à cabeça. A arma branca preparada no calção. Acontece que nem sempre a gente consegue fingir estar em outra, manter a calma e o pensamento longe, ficar ameno nos olhares. Às vezes, o desejo foge pelas brechas e, rebelde, quer atracar precoce no porto apertadinho da guria. Enquanto a gente se vê de longe, fico seguro. Só que é na quadra que a química acontece. Enquanto rola a educação física, um corpo pede o outro e o crime emerge natural, involuntário até. E foi assim que o desgraçado do João sacou meu lance com a mina.

O jogo era de handebol, gerava proximidades. A marcação deve ser cerrada, todos sabem. Fui ensinar o movimento. Agarrei Larissa por trás, sem encostar a mão. Ela estava presa, imobilizada. Nem fodendo conseguia fugir. Se ela tentava um movimento, eu bimbava nela. Cutuquei até ficar duro, pinicando óleo de peroba na cueca box que, àquela altura, parecia uns dez números menor, tão apertada estava. Quando Larissa perdeu a bola, desbaratinei: *viram como faz?* De longe, porém, flagrei o olhar acusador do nerd babacão. Ela riu gostoso e, decerto querendo fazer ciúme no boçal, pôs a mão na minha perna flexionada.

Eu tava de shorts, criei volume de imediato. Tive a certeza de que ela quer. Perdi o medo. Só que o cuzão do fura-zóio continuava lá, criando musgo no outro lado da quadra, feito um idiota mental. Não causa receio um abobado como ele. Se der de lóque, acabo com a sua raça. Sei que a Larissa gosta de um cara mais maduro e que o palerma não compete com ninguém. Só me preocupa se o bicho criar coragem e quiser cantar de galo no meu galinheiro.

Empatar a minha foda e me foder na direção. Vai ver o piazão também gosta dela. E quem não gosta? Aquela mão na minha perna... Essa guria enfeitiça.

Pra você ver como não sou só eu. A piazada toda tá na pira de comer a novinha. Tem um rabão que nem de longe a gente esquece. É traiçoeira, ainda acaba engravidando de alguém. Justo por isso ando mais lento do que nunca, às vezes recorrendo inclusive à marcha ré. Quando surgir um respiro, trocamos bilhete. Pego o seu número, batemos aquele papo pelo zap. Convido pra tomar sorvete, comer um xis, qualquer lance num lugar mais reservado, onde a gente possa se conhecer melhor. Melhor seria uma noitada daquelas, de trocação e bebedeira, o que empata é a rabugem dos velhos. Está proibida de voltar depois das oito. Por isso me seguro tanto na escola: é que os pais dela — Deus me livre! — nem desconfiam que a filha já anda beijando por aí, quiçá outras cositas más. Além de que, se a casa cai, o diretor me mata dessa vez. Já disse e repetiu, mais um deslize ele me fode. Longe de mim, Satanás, que aqui quem quer foder sou eu.

Portanto, tenho cultivado a cautela e a paciência de um monge quando vamos para a quadra, meu campo de guerra. Isso explica o nervosismo desta manhã, um café preto atrás do outro. É que o professor Maurício faltou e ficou a aula vaga. Justamente no 8º, claro. O diretor me sugeriu que adiantasse meu horário com a turma. *Quem sabe até saímos mais cedo. Outro dia, o Maurício te paga esse favor* — paga nada, mas como eu ia dizer não?

O problema é que eu já tinha uma aula com eles. Agora são quase 90 minutos flertando com a chave de cadeia, que hoje veio com um collant grudadíssimo, distribuindo pecados pelo pátio. O seu capô me acenou mais cedo. Vai ser difícil controlar o ímpeto do macho. Quem sabe, aproveito os minutinhos que ainda tenho para ir ao banheiro. Se canso meu pequeno em exercício, de repente ele se acalma e me deixa lecionar o handebol em paz. Que, meu camarada, se você visse como estão as curvas da Larissa hoje, tenho certeza que ficava assim, bobo da silva como eu e, estarrecido com a qualidade do material, mesmo que contrariado, entenderia ser legítima defesa — dentro do jogo estou coberto de razão.

Animal fronteiriço

LÁ SE VÃO cinco ou seis anos desde que meu tio Alberto padeceu, um tanto estupidamente, por respirar as fezes de uma ratazana com asas. Desde então, meu ódio pelas pombas só fez aumentar. Por isso, nada mais natural que me pareça inexplicável, inaceitável eu diria, a prática dos pipoqueiros e dos velhos aposentados consumidos pelo tédio de alimentarem, todos os dias, bandos inteiros desses assassinos potenciais. E quem não sabe que merda de pombo é um perigo ao ser humano, que é problema de saúde pública? Meu tio, aliás, é uma prova morta disso. No entanto, em quê praça não há um velho louco jogando milho para a corja mais espúria da família das aves? De minha parte, conheço apenas uma e, sem querer me gabar, fui eu mesmo quem lutou para deixá-la assim, um pouco menos insalubre.

No começo, o povo estranhava quando eu abatia pelo ar as roliças e, logo depois, comemorava o corpo balofo da peste caindo na grama, espatifando no petit pavê encardido, assustando, por vezes, os ambulantes e hippies que vadiavam por ali. Já tive problemas com essa gente desocupada, aliás. Ocorre que jamais o pombo alvejado caiu na cabeça de alguém — esse povo gosta mesmo é de reclamar. Até matéria no Diário saiu. Passei a tombá-los, os pombos, apenas quando estavam firmes, ciscando a terra seca da praça. Alguém me agradecia? Nada. O departamento de zoonoses da prefeitura, em negligência com o seu dever, teve a pachorra de reclamar a vida dos bichinhos. Então percebi que o problema é sempre o zé povão, que não vê diferença entre uma gralha azul e um pombo estufado, desses que andam cagando veneno na cabeça das nossas crianças. Para eles, veja só: pardal, abutre ou beija-flor, tanto faz, é tudo passarinho.

Por mais que o pipoqueiro alegasse estar perdendo um filão de mercado, fui em frente. Diuturnamente, empenhei-me por semanas. Não desisti até ver a minha praça livre dessa praga que matou o parente querido. E, ao contrário do que planejava, demorou pouco pra acontecer. Antes mesmo que a prefeitura e a imprensa local condenassem a minha cruzada, taxando-me de justiceiro desequilibrado, às vezes de lunático e, pasmem, até de drogado, a praça já estava limpa, pronta para um uso mais responsável. O que eu não esperava é que outro animal tomasse o lugar dos meus inimigos exóticos.

Passei uns dias, semanas talvez, sem frequentar o espaço revitalizado. Na correria da rotina, esqueci-me completamente do trabalho de fiscalização. Tinha fundamento o meu medo de que os pombos voltassem — de que viessem de outra cidade, praça ou bairro para cá — e qual não foi o resultado de minha breve ausência? Cortando por entre as árvores do lugar, veio o susto: deparei-me com a circunstância pavorosa.

Quase não podia acreditar. Naquele dia, um grupo de idosos jogava pife e tomava mate na mesa de xadrez. Ao lado, na reserva, um velho esmigalhava um pão amanhecido e o atirava na calçada suja. Nisso, dois mendigos se aproximaram, rastejando na direção do vovô. Sem qualquer alarde ou protesto por parte dos senhores, os moradores de rua bicavam os pedaços de pão, em pequenos botes, lambendo os farelos depois. Senti repulsa e, ao mesmo tempo, alguma confusão mental. Minha hipótese sobre o problema dos pombos se sustentava no argumento da apreciação ignorante de animais pestilentos pela população desinformada. Agora, o velho dava comida a uma dupla de animais que nada tinham de fofinhos e que, ademais, nem de longe lembravam qualquer passarinho.

Por mais que o episódio sinistro fosse uma extravagância altamente inconsequente, a moda do mendigo bem tratado, ao que parece — conquanto não voltem os pombos de costume —, chegou para ficar. Não parece, mas já faz um mês que o povão aderiu à mudança. O que me entristece, na verdade, é que tenha sido eu quem, com a melhor das intenções, tenha provocado a esdrúxula transformação.

E que os problemas de higiene continuem exatamente os mesmos, senão piores.

Antes conhecido como a Praça dos Pombos, o local foi rebatizado pela população sob a alcunha de Praça do Gordão. Trata-se de uma homenagem ao Neto, gigantesco morador de rua que, com sua pança saliente, sempre escancarada, decidiu criar raízes ao lado do banheiro público, o mocó dos marginais. De fato, quem passa sempre por ali já percebeu que os mendigos estão mudando de perfil, engordando a valer, e que a epiderme dos coitados já exibe, a depender da luz, certos prenúncios de um arco-íris oleoso, feito a plumagem pombalina que, multicolorida, ostenta sempre uma pincelada de miragem em meio ao cinza padrão da ave, mas também da cidade.

Tudo isso, entretanto, seria nada se não fosse a impressionante descoberta que um grupo de pesquisadores da universidade de Stanford realizou no último ano e vêm trabalhando para divulgar. Após raríssimo caso de toxoplasmose e meningite que, num mesmo paciente, resultaram em doença degenerativa, os cientistas estudaram o caso concluindo que a contaminação fora provocada pelo contato com as fezes secas de um mendigo vegetariano, tal como são os dejetos de nossos pombinhos pedintes em sua dieta desprovida de carne ou derivado animal. Conclui-se, portanto, e ao contrário do que acreditávamos até então, que o cocô dos pombos nada possui de peculiar ou extraordinário em relação à sua letalidade. É a merda dos vegetarianos que pode nos fazer mal. De fato, descobriu-se que qualquer animal sujeito rigidamente a uma dieta como essa, de pão amanhecido e carocinhos de pipoca, acaba por veicular em sua massa fecal uma quantidade nociva de fungos e bactérias que, depois de secas, quando inaladas pelo ser humano, podem resultar no óbito.

Como podem, portanto, estes velhotes suicidas e inconsequentes não se darem conta do risco que produzem para toda a sociedade? Seria uma vingança contra a humanidade, motivada pelos valores literalmente insustentáveis da previdência mal paga pelo governo? Por algum tempo, cheguei a acreditar que a explicação para um hábito tão sujo fosse o sucesso daquela cançãozinha xarope de MPB. Não bastasse a alienação do sujeito, o senil não percebe que o pior é fornecer combustível para a fábrica de veneno que, lá na frente, homens de bem como eu ou o meu tio Alberto inalam involuntariamente nas praças contaminadas do centro da cidade.

A explicação, é evidente, não pode ser tão restritiva. O motivo para tanto sofrimento, lá no fundo, só pode ser a idiotia do ser humano. Minha missão, percebi, está muito longe de ter um desfecho. Os viciados esquálidos, que antes quase não comiam, agora ficam parados debaixo da sombra de um pinheiro: já não se movem; arrastam-se pelos jardins decrépitos com seus pneus encardidos e à mostra, todos eles, por ironia do destino, morbidamente obesos.

O que fazer, pois? Diferente do outro problema, não dá pra sair atirando ao bel prazer nesse tipo de bicho, ainda que mais asqueroso. A carcaça assusta, é claro. Além do excesso de peso, que dificulta o carregar. Há muita gente sensível por aí. As mulheres, em especial, não toleram o sacrifício, ainda que este cumpra um ideal. Daí que eu venha me preparando para a guerra por todos os meios. Anteontem, conversei com o Geraldo, o vizinho da oficina, e o homem me passou um chumbinho que, garante, mata fácil um animal de grande porte, quem sabe mesmo um cavalo. *Quem sabe?* A hesitação deixou-me em dúvida quanto à eficácia do produto. Afinal, a esta altura, os comedores de pipoca estão bem crescidinhos, com a pança estourando de tanto milho e massa de pão, roliços como pombos gigantescos — eu diria cavalares, até.

Horário de pico

SEMPRE QUE FAZIA calor, e sempre que o relógio batia as seis, as principais linhas do transporte público da cidade se convertiam numa sucursal ambulante do purgatório: o cheiro da piazada — cheiro de chips vagabundo, cheiro de hormônio e esperma borrado na lã, cheiro de manguaça braba, cheiro de cigarro paraguaio cravado na língua, cheiro de enxofre e chorume, um fedor podre de chulé —, a fofoca maldosa das senhoras de bem, os apelos evangélicos do dependente redimido, o choro convulsivo e esfomeado dos bebês curvados em cólica, aquele contato muito mais próximo do que o recomendado por nosso precário contrato social. E o balanço, o cansaço, o suor. Principalmente o suor, inevitavelmente o suor.

Naquele fim de tarde, não seria diferente. O horário de verão inundava as virilhas da geral. Nas costas de Rubens, escorria lenta a pequenina gota, deslizando e fazendo cócegas pelas curvas do tronco até chegar aos glúteos, quando a presença feminina o perturbou. Loira, baixinha, seu vestido leve, meio solto, naquele tecido gostoso, com textura de pijama e sabor de intimidade, um vestido que o matava de desejo. Daí que o rapaz nem tomou nota dos outros detalhes, o fetiche comprometia o seu poder de descrição. Ao sabor do vento ou de sua falta, escorria deliciosamente pelas curvas da loira — assim como o suor que, supunha, nela também brotava como as primícias dum orgasmo —, grudando o vestido nas suas carnes fartas e formando um desenho perfeito quando se encaixava naquelas dunas de luxúria.

Era o seu tipo ideal. Não que outros tecidos não tivessem o seu charme, e que um *short* jeans também não fizesse sua cabeça, mas aquela leveza a sugerir a minúcia de uma escultura, aquela volúpia sem qualquer traço de vulgaridade, aquele chamado ao sexo sem a sugestão de um arroubo promíscuo, aquele vestido irresistivelmente sensual era o máximo que conseguia esperar de uma mulher.

Ele fitava a moça, comendo-a pelos olhos, e o suor que descia — e que agora já lhe ultrapassava a marca da cintura — não o incomodava mais. Era uma engrenagem do jogo, um indicador seguro da sua vontade, funcionava como um adorno para a sua obsessão. Fantasiava em pensamento que uma gota como aquela, se bem que forjada pelo sal da moça — aquele corpo-maravilha —, escorria também na pele dela e, diante da cena imaginária, acompanhava passo a passo o deslizar à perfeição de formosura.

Jamais passou pela cabeça que pudesse puxar conversa na lotação. Se estivessem sentados, ainda. Mas em pé, e no aperto do horário de pico, julgava simplesmente impossível. Além do mais, a ficha cairia no mesmo instante em que Rubens dissesse alguma coisa, e sua imagem seria conformada a uma primeira impressão enganosa: lascivo, primata, carnal. Rubens não era nada disso e o ofendia a possibilidade de que alguém — mesmo uma estranha, mas uma estranha excepcional (e aquele vestido!) — pudesse pensar dessa maneira a seu respeito. Passava das seis e o mundo inteiro estava exausto do trabalho: somente Rubens, a despeito do cansaço que também sentia, parecia vivo, pronto para a luta. E havia a loira, que não parecia cansada — se bem que tampouco demonstrasse algum ânimo de espírito —, havia aquela obra-prima em carne e osso, com seu jeito firme e seguro de se deixar contemplar pelo mundo carente do seu sexo ao redor.

Matutando estratégias de aproximação, Rubens chegou como quem não quer nada, no lado oposto ao da loira. Primeiro enviesado; em seguida, postou-se na exata latitude do vestido, com seu frescor de brisa amenizando o verão. Para toda arte, porém, é necessário ousar e ter um tanto de esperteza. A fim de não dar bandeira, preferiu ficar de costas ao delírio e, por um instante, manteve-se apenas mergulhado na fantasia, sentindo o cio irresistível que aquela bunda exalava enquanto, quase sem querer, mirava ao longe as casinhas de madeira que, desbarrancadas, sucediam-se numa tortuosa e interminável ladeira — aquela paisagem triste que atravessava a janela do seu busão, desfazendo-se aos olhos distantes de um garanhão anestesiado.

Em seguida, num gesto até sofisticado, Rubens fingiu desconforto. Situação que, na realidade, fora gerada por ele próprio em seus vizinhos de coletivo. Girando com a mochila, empurrou suavemente uma senhora de cabelo roxo para o vácuo seguinte, amassando ainda a lataria de uma mocinha assustada, por todos os lados esmagada, que sucumbia ao submundo deletério dos passageiros entulhados. Conseguiu ficar um pouco de lado, na diagonal da loira, segurando com a mão no pegador viscoso, a exatamente um palmo da bunda fenomenal. Gabava-se interiormente por este feito quase heroico. Agora, porém, cada centímetro de ação representava novo risco. Chegava a um ponto em que seriam necessárias certas escolhas, e das escolhas sempre afloram consequências e limitações. Fitou seu relógio, que já marcava seis e vinte, o que queria dizer que, incerta estimativa, teria ainda quase vinte minutos para completar seu plano de ação. Computados os minutos de atraso — culpa das obras no centro —, com sorte, talvez tivesse um acréscimo de três ou quatro minutos. Era preciso projetar minuciosamente os próximos passos, somando o tempo do gozo para cada posição com o tempo da simulação de naturalidade, além de um prelúdio que lhe desse a coragem necessária ao intento.

Só que os ponteiros, como sempre, não davam trégua. Para cada parada, um novo movimento. Num jogo de tabuleiro, Rubens esperava pelos figurantes que, desavisados, o auxiliariam na concretização do seu triunfo. Com polidez, realizou novo giro, pois não seria de bom tom ficar por tanto tempo em diagonal no corredor. Do mesmo modo, não era certo que carregasse sua mochila nas costas; atrapalhava o fluxo. Carregou a bolsa com a mão esquerda e, com a direita, segurou-se nos pegadores superiores. A loira segurava nos inferiores com a mão esquerda, de modo que a posição de Rubens a prendia de um lado pela sua mochila, levemente jogada para a frente, e de outro pelo seu braço, que passava ao lado do ombro dourado da moça. E, assim, em coordenada cirúrgica, o macho ansioso pôde enfim roubar o seu primeiro esbarrão na musa do busão das seis.

O êxtase profundo, quase religioso, de roçar seu pênis seu corpo sua alma no vestido da estranha alimentou as aspirações do rapaz que, em ritmo cada vez menos espaçado, tentava ir adiante, desbravando mais um pouco daquele sertão. Nas duas próximas paradas, conseguiu um encaixe sutil nos meandros da loira, afofando o cano longo, que se debatia como uma fera enjaulada dentro do jeans, na seda suave do vestido-maravilha. Na sequência, recuou. De forma enganosa, contudo, pois na realidade almejava uma combinação diferente, um tipo de prazer novo e ainda mais intenso. Repondo sua mochila nos ombros, levou a mão esquerda para frente e, atrapalhada — assim como ele tentava se mostrar com aquela cena —, a mão encostava quase imperceptivelmente nas saliências da musa. De modo que o rapaz já não sabia quem era mais macio, se o vestido ou aquilo que estava por baixo dele, feito a moça fosse uma trufa cremosa que se revestia com fina camada de um chocolate burguês, transbordando delícias suíças por todos os orifícios.

Mediu apreensivo que seus toques talvez estivessem sendo percebidos. E que a loira esperava apenas a confirmação da tara ultrajante para começar o seu escândalo. Numa hipótese menos grave, se bem que igualmente frustrante, ela esperava apenas o bulinaço acontecer para sair dali, tomando outra posição no parco espaço do ônibus abarrotado. Nesse caso, se recuasse ainda mais, talvez pudesse adiar um pouco este momento inglório, prolongando o prazer que conquistara até ali.

O fio vermelho ou o azul? Sua decisão parecia mesmo um dilema de guerra. E Rubens o soldado que não teme sair derrotado, desde que a luta seja limpa e justa e que ele possa matar uns e outros antes de morrer também. Excitado, estacionou atrás da loira, criando involuntariamente uma espécie de molde para o seu pênis que, com vida própria, fazia as curvas do vestido se encaixarem na protuberância do jeans. Ele roçava lentamente, tímido, com extrema cautela, curtindo cada milésimo de segundo da masturbação tântrica que, outra especulação, agradava sobremaneira àquele corpo ardente. Mas o que tinha era muito pouco, e os sonhos eróticos de Rubens o mandavam ir além, ir com mais força e mais fundo para dentro da caverna de Platão. Àquela altura, qualquer palpitação despertaria o seu gozo fatal. Preparava a cabeça para não se deixar ejacular em público. Ao mesmo tempo, qualquer avanço indevido poderia acarretar em um pecado original, na expulsão daquele paraíso, a fuga daquela bunda macia que agora sentia como um ninho. E o vazio, a depressão, a tristeza aguda do retorno à vida ordinária? Precisava examinar atentamente cada sinal. Pesava os prós e contras e torcia para que a loira e seu vestido descessem apenas no último ponto. Se as coisas fossem assim, para não perder o jogo, ele próprio avançaria mais alguns pontos, atrasando-se para o trabalho. Mais tarde, alegaria legítima defesa, quem sabe a descoberta de um Eldorado pelo caminho.

Cruzou seu olhar com o da cobradora que, naquele momento, parecia observá-lo, talvez consciente do seu delito. Imaginou que ela estivesse contemplando a cretinice e safadeza da sua atitude, mas havia uma parcela de desejo migrando para o olhar da mulher que, num minúsculo *pole dance*, alisava um pegador com seus dedos grossos de banha. E mesmo que ela não tivesse nada com o enrosco dos dois, Rubens voltou-se para o lado esquerdo fingindo procurar alguma coisa, tomado pela vergonha perante o olhar malicioso do ser humano que, sob a forma da glutona da catraca, acusava sua obscenidade animal.

Com um movimento brusco, a loira volta seu rosto pela primeira vez à têmpora de Rubens, que tenta desviar seu olhar franzindo o cenho, como se incomodado pela atmosfera do lugar. Com a adrenalina do momento, não pôde avaliar se o rosto da moça fazia jus às suas nádegas e ao seu vestido-sensação, que continuava derretendo por sobre aquela carne quente, como uma fatia de queijo convulsionando sobre um suculento hambúrguer na chapa — o óleo velho dando um toque especial à fritura, mais saborosa e também mais prejudicial ao coração.

Lamentando a dureza do jeans, o tarado do biarticulado se reaproxima do vestido, aproveitando-se da recente atuação de ambos, que expressavam ou fingiam desinteresse pelo fim de tarde. Isto queria dizer, por certo, que sua pica tinha passe-livre para entrar naquele trem. Tentando não abusar da sorte, usou primeiro da meia-passagem. Fingindo ser empurrado, jogou-se para frente, com sua glande pulsante já se entocando na covinha da moça. Quando já prestes a concretizar o seu roteiro maquiavélico, eis o incidente inesperado que mudaria o curso da sua viagem, forçando-o a reprogramar todo um itinerário de movimentos.

Vestindo um pesado casaco de inverno, embora o calor beirasse o insuportável, boné mergulhado na cara marrenta, o roedor se aproxima do casal de circunstância, empestando o ambiente com seu cheiro forte, combinação de beque vagabundo, perfume de puta e CC acumulado. Empurrando Rubens para o espaço reservado aos cadeirantes, o novo personagem chega de chofre e já rouba toda a cena — vem atrasado, mas põe a fuça asquerosa na janela. Com uma profunda revolta interior, Rubens se vê paralisado ante um acontecimento que escapa ao seu poder de reação. O mano o encara com desdém, alheio à sua intromissão. De um golpe só, atravessa todos os passos detalhadamente estudados por Rubens, socando suas impressões genitais na abertura do vestido, que enfim se contrai. A loira se esquiva do marginal balbuciando reprovações que, embora enfáticas, não chegam a perturbar os tímpanos de aço do malaco — mediante o play do seu smartphone, faz soar no busão os gritos primitivos e pornográficos de um funk de baixo-calão, para a comoção das senhorinhas religiosas assentadas por ali.

A moça, então, desce na próxima parada e, um tanto tolamente, Rubens fica a se perguntar se ela precisava mesmo descer naquele ponto ou se o movimento fora uma resposta resoluta ao afã do seu agressor. Do intervalo entre aquela parada e a seguinte, imaginou vivamente as consequências de um eventual encontro com aquele vestido no lado de fora do coletivo. Prestaria solidariedade à moça, vítima de uma tão repulsiva atitude. Desceu três quadras adiante, fazendo figa para a encontrar. Um esbarrão casual ensejaria a estratégia das condolências. Estava frágil, sofrera um assédio. Já era tarde, porém. Logo a noite cairia na cidade e, nos arrabaldes, nem a sombra daquele traseiro-delícia conseguiria rever.

Eram dez pras sete. Um horizonte impressionista, vazado em tons profundos de vermelho e laranja, menstruava ao sabor do vento naquela tardinha repentinamente fria e melancólica, enquanto Rubens seguia ao trabalho em passo acelerado, avaliando as lorotas que contaria para justificar seu atraso. Ônibus quebrado, acidente na rotatória, diarreia explosiva, um parente que veio de fora; opções não faltavam. O saldo daquele pico, porém, ficou aquém do que esperava. Exceto pela gosma lubrificante que impregnava sua zorba, a equação sexual de há pouco serviu somente para alimentar a hostilidade de Rubens pela malacada do *Big Nights* que, definitivamente, nada entende da delicada arte de cortejar uma mulher.

Passar bem

HAVIA ESTE MOLAMBO que grudou em mim, o enjeitado. E quando eu saía de casa, o camarada me perseguia, andando ligeiro no meu encalço. Sujo, com a cabeleira desgrenhada, piolhenta, o rosto mastigado por feridas horrendas. Não dizia palavra, nem eu dava muita chance para tanto. Melhor era não dar trela. Não obstante, o homem se tornava uma sombra pavorosa. Em pouco tempo, o quadro evoluiu e, de comichão, tornou-se verdadeiro apendicite em minha vida social.

Particularmente, não sou figura que atrai esse tipo de desvalido. Deu que, à porta duma padaria do centro, cruzei com o mendigo mórbido, meio doente, em tudo entregue às adversidades. Pediu-me algum trocado e, na maior inocência, entreguei-lhe o troco do pão. Se arrependimento matasse? Segui a pé para a baixada da Balduíno e, olhando para trás, apavorei-me ao constatar a lamentável circunstância: estava mesmo sendo seguido. Em plena luz do dia, porém, não parecia oferecer qualquer perigo. Deixei-o na caminhada e, chegando em casa, entrei sem dar pelo mambembe.

Quem eu encontro na manhã seguinte, porém, ali de bobeira no meu meio fio, enquanto tiro o carro da garagem? O molambento, ele mesmo. Roía as unhas embarradas olhando fixo para os paralelepípedos deslocados do pavimento. Confesso que a situação me assustou. Que fazia ele, o pedinte, novamente atravessando o meu caminho? Passara a noite me esperando? Protegido pelo carro, achei por bem não dar relevo ao encontro, se bem que torcendo muito pra não ser visto pelo homem. E já pensando em como resolver o enlace desagradável — preferencialmente, sem usar de violência.

Enxergou-me de imediato. Abobalhado, correu uma ou duas quadras atrás do veículo, feito precisasse urgentemente falar ao motorista. Pensei ligar 190. Sozinha em casa, minha esposa poderia estar correndo perigo. A ameaça rondava e trazia riscos à vizinhança inteira. E a paranoia me corroía o juízo.

Rodei duas quadras e voltei pela rua de trás, avistando à distância o homem de atitude suspeita. Percebi que, ao contrário do que supunha, estava sentado novamente na esquina, presumo que esperando o meu retorno. Era comigo o enrosco. Não se aventurava a bater o interfone ou chamar alguém. Do lado contrário da rua, baixei a janela olhando fixo para o sem teto. Ele correu de supetão. Assustado, avancei mais uma vez, pisando fundo no acelerador. Os pneus cantarolaram seu beijo quente no asfalto. Depois, senti vergonha pelo ridículo. Só que o chiclete insistia, correndo espaventado na direção do automóvel.

Tomando coragem, freei aos poucos e, percebendo a presença de um bom número de transeuntes, desci do carro para ver o que queria o maltrapilho. Correu à minha direção e, chegando perto, parou estúpido a me olhar, como se hipnotizado. Perguntei o que queria e o camarada respondeu com um grunhido. Desconcertado, indaguei-o com um gesto, ao que dobrou suavemente seu pescoço para o lado direito, mantendo os olhos remelentos vidrados em mim. Disse que lhe daria um trocado, mas que seria o último, e que fosse logo embora dali. Que voltasse para o centro, onde os mendigos fazem ponto e ganham a vida importunando a todos em igual medida, sem eleger um Cristo só. O homem pegou o trocado e continuou parado, desta vez camuflando algo como um sorriso. Senti pena e, ao mesmo tempo, achei graça no tipo. Era inofensivo, afinal. Temendo a permanência do problema, firmei o pé no acelerador e, não sem alguma ternura me invadindo o espírito, assisti pelo retrovisor ao homem que me perseguia com espetacular disposição, antes que o meu carro dobrasse a esquina e eu lhe desse adeus com a mão.

No dia seguinte, entretanto, quem outra vez fazendo ponto no portão da minha casa? Pois sim, o homem parecia um carrapato. Minha formação católica trazia incômodos à consciência. Sem ter a quem recorrer — nem eu nem o bicho —, nenhuma opção razoável encontrei que não fosse o admitir minha responsabilidade perante aquele ser esdrúxulo, ignorado pela insensibilidade do mundo hodierno. Passei a tratar o pedinte, dando-lhe todos os dias algum pão velho e um prato fundo de leite. Religiosamente, a empregada deixava o lanche ao lado da lixeira do prédio, sempre às sete da manhã. E o homem, aparentando felicidade, comia tudo com gosto.

Passamos a compartilhar também os restos do almoço. Era gostoso ver que ele passava bem, e que suas bochechas já começavam a ficar coradas, rosadas até, indicativos de uma nutrição mais adequada. Na vida prática, contudo, a filantropia se mostrava insustentável. Minha esposa reclamava, com razão, dos gastos cada vez mais vultosos que tínhamos com o bicho. Pouco a pouco, o sem teto ia se tornando um tanto nosso, de estimação. Se fosse o único animal, a situação seria outra. Ocorre que Garfield, o gato persa, e Lulu, o *yorkshire*, já nos davam preocupações suficientes, além de que eram de casa e já nos custavam os olhos da cara. Fazíamos tudo para que a dupla desenvolvesse plenamente as suas aptidões felinas e caninas. Trazer mais um animal para dentro de casa, como se vê, seria inviável. Ainda mais para viver enfurnado num apartamento minúsculo, de apenas três quartos, como o nosso.

Afora isso, eu estava decidido a me arriscar. Afinal, onde cabem dois, cabem três. Foi minha esposa quem me convenceu do contrário, desfazendo os planos de adoção. Por pouco o mendigo não entrava de vez para a família. Nesse meio tempo, vacinamos o pobrezinho contra a raiva e o batizamos num domingo. Gargalhávamos à pampa observando o estabanado brincar na caixa de areia do parque infantil. Defecando no cercadinho, a empregada tentava recolher o bolo fecal com um saquinho plástico de batata chips. O tolete se quebrava ao contato da mão enluvada, enfurecendo-a comicamente. Concordamos que um certo exotismo coadunava com o perfil abobalhado do animal e, com isso, escolhemos o seu nome. Só não nos demos conta de que, a partir daí, seria muito mais custoso cortar o laço que já nos prendia ao pet. Pouco a pouco, Xenofonte se tornava uma parte de nós.

Não era um mendigo qualquer. Desfazer dele assim, do nada? O mais certo, decidimos, seria colocá-lo numa feira de adoção. Nessa idade, porém, quem iria querer? Os casais procuravam sempre pelos mais moços. Xenofonte devia estar com mais de trinta, sua vida útil já estava para lá da metade. Logo os problemas de saúde se intensificariam e, para manter o bichano em pé, a clínica veterinária cobraria rios de dinheiro. Ao nosso amiguinho, contudo, ajudamos como pudemos. Antes de o colocarmos na fila da adoção, tosquiamos seu pelo e, de banho tomado, tratamos dalgumas feridas que jorravam um tipo de pus intermitente. Sanamos possíveis focos de rejeição. O homem ficou bonito, até. Aparentava, inclusive, idade menor do que a que tinha, passando facilmente por um rapazote de vinte e poucos.

Inserimos sua foto na plataforma da ONG *Amor sem medida*, núcleo de proteção aos animais de rua que, na mesma semana, contatou-nos informando a existência de um casal interessado. Estudamos o histórico da família. Ele juiz, ela promotora. Diante de tão invejável currículo, tivemos segurança para dar o derradeiro passo, entregando-o aos seus novos donos. Era um alívio perceber que, bem tratado, Xenofonte encontraria finalmente um lar para chamar de seu.

Jamais fizemos qualquer coisa em busca de *likes*. Não obstante, a história saiu numa revista da cidade e o exemplo de filantropia contagiou os cidadãos de bem. Agora, nos clubes sociais, se nos perguntam sobre nossos *hobbies*, dizemos com sinceridade, eu e minha esposa, que nada nos deixa mais felizes do que ajudar a quem precisa. Demagogia nenhuma, a caridade mudou nossas vidas. Ademais, o amor por Xenofonte se mostrou também uma excelente oportunidade para fazermos novas amizades. Semana que passou, por exemplo, tivemos a felicidade de visitar Renata e Khauan, o casal simpático que agora é dono do nosso pedinte do coração. Aproveitamos a ocasião para matar as saudades do jaguara, que por sinal parecia um pouco mais gordinho e robusto. Seus donos dizem que nunca estiveram tão bem. Que Xenofonte faz a guarda da casa à noite e que, a este respeito, já espantou até bandido

— isso durante a última das viagens que o casal fez para Orlando, no início do ano.

Como se vê, os novos donos de Xenofonte não conhecem a preguiça. Em nosso encontro, não foram poucas as fotos que Renata nos mostrou de excursões pela Disney, Paris, Londres e Roma — sem esquecer, é claro, de Nova Iorque e Dubai. Mesmo aqui, na América do Sul, os dois já deram seus pulinhos. E aqui vai uma boa história: para a Argentina, Xenofonte foi junto. E aprontou das suas pelo caminho inteiro. Conta-se que, no avião, o porquinho mijou em sua gaiola, precisando, por isso, tomar banho nas dependências do aeroporto. Mas isso não é tudo. De tal modo a conversa se fazia íntima que, deixando a vergonha de lado, o casal nos confessou um pecadilho que, não só por sua irreverência, mas, sobretudo, pela promessa firmada de jamais repetir o deslize, foi perdoado prontamente por nós.

É que, no último verão, Renata e Khauan resolveram esticar as suas férias no Caribe. Xenofonte, porém, estava em casa, fazendo a vigilância. Em seu retorno, eis que o casal se depara com uma imagem sobremaneira curiosa: no canto escuro do quintal, logo atrás da piscina, pertinho do campo de futebol, estava o homem escondido à sombra de um arbusto. De perto, viam-se os seus dentes ensanguentados. O casal se assustou. O homem, quem diria, comia um canarinho à toa — a culpa ou a vergonha corroendo o seu olhar. Na falta de ração, o espertinho não pensou duas vezes antes de abocanhar o pássaro amarelo. Qual não foi sua transformação? De pedinte, tornara-se um caçador. Pois nesses tempos de vacas gordas, certamente que não quis relembrar a condição da fome, sua velha conhecida. Culpa da nova família, é evidente. Acostumou-se a passar bem, o danadinho. E como.

Procurando pela realeza

NÃO OBSTANTE SUA inclinação histórica para a criação de gado e o seu estilo de vida sulista-campeiro, Ponta Grossa é conhecida pelo apelido lisonjeiro de Princesa dos Campos e, desconhecendo a guilhotina em seu regime absoluto, segue reinando hegemônica pelo horizonte agrícola do segundo planalto paranaense. Longe o questionar tão longeva e edificante alcunha, mas, provocado pelo recente edital de fotografia da fundação cultural do município e seu eterno mote da cidade e suas paisagens, súbito me desperta a vontade de responder a uma questão estilística poucas vezes aventada por estas plagas: quem o ser humano escondido por trás do título de nobreza? Saio caminhar com uma Canon fora de linha pendurada no pescoço, queimando meu fôlego fumante pelas ruas sinuosas e barrancos urbanos do centro decadente, procurando uma resposta que satisfaça o meu desejo insaciável de identificar, na espontaneidade do seu traçado urbano, os contornos de uma mulher.

Primeira imagem, quase sempre um velho clichê. Em frente ao antigo clube polonês, ocorre-me que a princesa poderia ser uma polaca consoante, para ficar num estereótipo bastante funcional. Azeda ou não, ela é loira, muito loira, um tanto quadrada, o rosto rosáceo pelos raios solares que ardem na tarde vulcânica. Pintas de beleza se espalham em meio às sardas pela epiderme leitosa. Um tanto xucra, a polaca não abaixa o tom de voz para marmanjo que quer se passar por malandro pegador. Dona de si, ainda que um pouco desnorteada. Fervorosamente católicos, os pais tentam a todo custo preservar a filha das obscenidades mundanas que, tão triviais em nosso tempo, longe do verde dos olhos da família, saciam obscuras vontades princesinas: a bonequinha de luxo logo transformada na perereca mais altiva do banhado.

Entre os eslavos, porém, nem só de polacas nossa cidade se fez e se faz. Também as russas, assemelhadas com velhas ciganas em seu colorido de veludo, praguejando contra a modernidade imoral do trópico lascivo, são candidatas ao cargo de lambrequim municipal. Quando é começo de mês, às vezes podemos observá-las fora do seu habitat natural — alguma colônia humilde no entorno rural da cidade —, ostentando seus véus roxos e lilases que, à moda meio islamita do cristão ortodoxo, brilham sob o sol escaldante, derretendo debaixo dos panos que nunca se abrem aos fotógrafos amadores e cronistas provincianos. Amarguradas, relembram uma Rússia feudal que, desde pelo menos Lênin e a trupe bolchevique, existe apenas no delírio analfabeto dos colonos mais enquistados deste Paraná profundo.

Se pela facilidade da fórmula a figura da polaca não anima, porém, e se as russas se escondem demasiado sob os vestidos de seda barata, talvez melhor fosse pensar nossa princesa como uma daquelas patricinhas interioranas que, criadas no remanso do Tibagi — chimarrão e churrascada na curva do rio — admiram-se no espelho e, míopes de esquerda e direita, enxergam uma encantadora alemãzinha de coração europeu, a civilização estampada no seu rosto juvenil. Anda sem nada que fazer, procurando papo com as amigas no celular inseparável, arrastando rabo pela avenida principal no automóvel que ganhou do papai. Se lhe perguntam sobre Goethe ou Wagner, faz cara de tonta e pergunta: quem? Atarefada com o social da classe média, a princesa não tem tempo para estudar a cultura dos seus ancestrais, embora torça com fervor pela seleção alemã à Copa do Mundo. Depois de ir à Disney, agora quer realizar novo sonho: em breve, será aclamada rainha — tranças no cabelo e as cores da bandeira germânica gravadas no vestido que tremula a noite toda no salão da *München Fest*; *Rosamunde* mais uma vez e, até que o sol desponte por trás dos campos desnudos, será a mais cobiçada de toda a balada sertaneja. Regado por êxtase caucasiano e muito chope Itaipava, seus lábios sugam o salsichão de um cachorro quente — retalhos desfigurados de uma tradição que não vingou na cidade e há muito vai soterrada nos desvãos da cultura de massa mais epidérmica, como se vê.

Não sejamos preconceituosos, entretanto. Se polaca ou ucraniana, japonesa ou afrodescendente, tanto faz; o segredo para encontrarmos nosso arquétipo está justamente em ultrapassar noções antiquadas de raça e etnia. A julgar pelas moças que comigo cruzam altaneiras pela rua, mesmo que numa amostragem imprecisa, dir-se-ia que o nosso tipo ideal se traduz numa menina da moda, daquelas com sotaque apaulistado e que, apesar de confinada pelos cercados de nosso imenso feudo caipira, vive antenada com o que há de mais moderno no mundo. Seu lema é gostar de quem é rico e faz sucesso. Ostenta no avatar do Facebook o emblema da Gaviões da Fiel, corinthiana fanática que ficou de uns anos pra cá, já que torcer pelo time da cidade é cafona demais para a herdeira legítima de todo um reinado. Lambuza-se com o sabor das rebarbas do poder. Tanto que (a vaga lembrança), quando pequenina, fez visita à propriedade de um famoso deputado ruralista da região, e disso se gaba até hoje. A safadinha omite, no entanto, que entrou perdida e por acaso, pegou mimosa no pé e deu no pialo, antes que fosse vista pelo jagunço do coronel. Descrita em minúcias, é a nossa Paris Hilton de classe baixa, sempre a flanar pelas avenidas deprimentes deste rincão esquizofrênico, escondido do Brasil meridional entre furnas e obeliscos de pedra.

Essas e muitas outras poderiam ser as princesas deste pampa renegado, de nossos campos que se estendem por horizontes infinitos de soja, baixa indústria e loteamentos populares. Num passeio ligeiro e despretensioso pelo centro de Ponta Grossa, encontro muitas outras candidatas com potencial. Continuo insatisfeito, porém, pois nenhuma delas me convence. A cidade me inspira sentimentos de outra ordem, com diversa feição. Urbe barroca e cheia de quebradas, ela desliza justo no momento em que esperávamos captá-la. Não planeja o futuro nem pensa muito no que passou. Frente aos problemas financeiros, espera que a sorte mude com o vento, e que a loteria pague as contas irremediáveis do amanhã. O que ganha hoje, gasta hoje, entre uma pinga no bar e a reinauguração de alguma antiga praça vandalizada, agora com chafariz faceiro, que dentro de um mês será outra vez desativado. Eis que, em meio à digressão, surge enfim a minha favorita e posso dar cabo de meu concurso particular.

Em frente ao Clube Verde, espremido pelo horário comercial, observo no lado contrário da calçada um imenso monolito descansando no petit pavê. Atravesso para enxergar melhor. Há duas outras gorduchas que, recostadas à porta de um bar de biombo, se parecem muitíssimo com ela (irmãs, quem sabe). Miro o interior de uma das bodegas. A prostituta esfomeada come sua pratada sebosa de macarrão com vina debruçada sobre o balcão. Cabelo descolorido e maquiagem forte sobre o rosto acobreado, ela me encara desconfiada, arisca a todo olhar que não revele a busca desenfreada pelo produto que oferece. Intimidado, continuo em direção à Vicente Machado, como se aquele tronco plantado no concreto citadino não fosse justamente o arenito que melhor nos representa. Logo me esquecerei daquele rosto sulcado pelas privações e, talvez ali, no mais improvável dos recantos, estivesse o palácio que tanto procurei na caminhada.

Tivesse eu a ousadia de prosear um instante com aquela moça, perguntaria a ela o que acha de um homem que a vê como a mais verdadeira das princesas da cidade. Talvez ela pensasse se tratar de uma piada de mau gosto. Talvez me respondesse com humildade excessiva, desfazendo de si mesma e de sua beleza. Diria que não é boa para tanto, mas aceitaria o título antes que uma forasteira o fizesse. Não sendo a melhor das opções, ao menos é filha deste solo abençoado pelas pombas e pelos tropeiros de hoje e ontem. Quebrado o gelo, ofertaria então o seu programa e, diante de minha recusa, demonstraria, por meio de sua fisionomia gutural, um estado de espírito tão característico de nossa terra, o estilo jacu ponta-grosseiro. Bruscamente, a inusitada princesa despejaria sobre mim os mais baixos insultos — viado do caralho, melhor sair daqui filho-da-puta — e, um pouco amedrontado, eu findaria meu contato real sem conquistar o clique almejado. Eu deixaria para trás a sujeira daquele antro de perdição lamentando o fato de que, dentro em breve, a construção histórica será demolida para dar espaço a um novo caixote de pré-moldados. Continuaria minha caminhada digressiva, exatamente como esta que faço agora, e pensaria mais alguns instantes no rosto daquela mulher para, logo em seguida, esquecê-la por definitivo. Então eu poderia recomeçar a minha busca, observando, como faço agora, a universitária que se lambuza docemente na sorveteria da esquina. Pela janela, eu flertaria com a mocinha e, deslumbrado com sua beleza, encerraria a missão, acreditando ter finalmente encontrado a encarnação perfeita da musa local.

Mais tarde, contaria aos amigos sobre a paquera casual, frisando a reciprocidade de nossos olhares furtivos, mas omitiria a deselegância de seu rosto que, sorriso perverso, esquivou-se arrogante do meu, para depois lamber com gosto as bolas de um apetitoso sorvete azul e branco, como a esperar pela cerimônia de coroação que, mais dia menos dia, pomposamente se sucederá. Com a minha máquina ao pescoço e o olhar perdido pelo corredor de sapatarias de nossa avenida principal, diria um pouco emocionado, *te encontrei minha princesa*, mas estaria sozinho, inevitavelmente sozinho, esperando que as palavras voassem ligeiras, empurradas pelo vento do fim da tarde — esse mesmo que nos esfria a alma e amortece o coração ensimesmado —, que as palavras fugissem para algum outro canto desta princesa desengonçada, metrópole de cavalos e bois, a capital cívica das ilusões.

Os touros de Basã

PRA ACERTO DE contas, não existe hora marcada. Café, almoço e janta: psicopata é mesmo um bicho sem respeito. Eles me desiludem. Me querem pelas costas. Metem bala, fazem sangria. São cabulosos, piores ainda do que os porcos, os merdas meganhas. Eles querem vingança. Tá vendo? A cicatriz é de acerto. Quebraram costela, quase morri no hospital. Não posso sair. O diabo tá correndo atrás de mim. Se eu saio, eles tomam conta, eles me invadem, me tiram tudo. E Cristo mora comigo. Se a casa é da mãe, se fez sagrada. Só que os gambés também não são quem dizem ser. Outro dia o pastor já me contou. São os touros de Basã. E eles me querem no descuido.

Eu não tenho nada. Nunca tive. Era tudo da mãe. Só que, de broncos, eles não entendiam. Eu tinha tudo, mas eles tiraram de mim. Eu tinha uma televisão de bacana, até um celular de playboy. Aqui em casa, comida não faltava. Sempre tinha gás. A mãe nunca deixou faltar um prato na mesa. A vagabunda da vizinha é que mentia demais. A casa tinha gás e o fogão esquentava nossa janta toda noite. A mãe fazia o meu prato e eu pedia a benção pro pai. O pai sim é que bebia e não valia nada. Agora sou eu. O diabo levou tudo de mim. O diabo quer ser meu amigo e desvia as orações que são pra Deus. Tem lá os seus sussurros, suas artimanhas da madrugada. É o jardineiro dos desertos.

Cê ouviu? Cê escutou esse barulho? Aqui é lugar de todo mundo. Quem quer, entra e faz a festa. Ninguém respeita o cantinho da mãe. Agora tão me chamando. Querem me pegar, tirar a minha pele. Foi na porta. Eu ouvi alguém entrando, foi aqui. Cê não ouviu também? São eles. A mãe vai chorar e dizer que a culpa é minha, mas são eles, já chegaram. Querem me cobrar. Querem tudo que eu tenho e mais um pouco. Só que não devo nada. Não fiz nada, juro e acendo vela no cadáver da mãezinha morta, eu nunca fiz nada pra eles. Um piá-de-bosta é que falou besteira, um frouxo desgraçado andou falando merda na biqueira. Cagoetou o cara errado. Juro que nunca fiz nada pra ninguém. Eu lá sou maluco de me enfiar numa encrenca dessas? Eu sou otário? Doido de pedra não perdoa. O pai é que perdoa. Só ele. Nem a mãe consegue perdoar de novo. Esse mundo tá abandonado por Deus.

Eu já fui crente, sabia? Até o dia que Deus fugiu de mim. Foi quando a mãe levou pancada. Doeu demais ver a coitada nesse estado. E eu, que é que podia fazer? Só se fosse suicídio. Dizem que Deus perdoa tudo, mas vida louca

Deus não perdoa não. Doido de pedra também se lasca. A gente tá abandonado nesse mundo feito carniça, um vira--lata futricando lixo, dia e noite farofando os dejetos. Até roubando, às vezes, que ninguém é santo. Quem tá vivo, faz de tudo pra ganhar mais um respiro. E vai viver de quê? Me diga, vai viver de quê, se não for assim? Eles levaram tudo, meu irmão. Cê pode até tá nessa merda, mas eu tô sempre mais fudido. Sou mais pesado, tenho mais sangue bombando na veia. Ou você acha que eu curto fazer essas fitas? Até dar o rabo já dei. Se o pai tivesse aqui, deserdava quem nunca teve herança. Matava o próprio filho, por conta do desgosto. Deixava o touro invadir a mente. Bofeteava. Não entendia nada. Mas esse corre só quem fez pode saber. Dei o cu, sim, e sou mais macho ainda. O diabo comeu meu cu. Vintão foi pouco. Fumei tudo e queria mais.

Eles vivem atrás de mim, me perseguindo. Quando eu saio, aparecem pra me pedir. Até aqui em casa batem pedindo. A mãe se apavora. Eles me querem mesmo quando eu não quero nada. Eu já parei muitas vezes, sabia? Dá pra viver catando lixo. A tia me viu catando lixo no centro. Fingiu que não era eu. Foi a tia quem me cuidou quando eu era pequeno. Queria que a gente catasse latinha juntos. A tia não gosta de mim. Fala mentiras e diz que eu me perdi. Perdida tá ela, que sai pra rua pra trair o tio Inácio. O desgraçado bebia, só bebia, ficava o dia todo bebendo. Parecia um pouco com o pai. Só que eu gostava de ir com ela, porque se eu ficasse em casa, apanhava depois. Foi com o tio que aprendi as coisas erradas. O pai já tava longe, nesse tempo. Sumiu sabe lá porquê. Foi com o tio que eu bebi pela primeira vez. Me dava pinga e, em troca, eu descia na quebrada pegar pedra pro vagabundo. Eu era bom e bonito, até o monstro me indicar o descaminho. Só fumava beque, cheirava cola de vez em quando. Dava tontura, enjoo, uma ruindade na barriga. Eu não fumava de tudo. Ele me chamou de bichinha. A tia saiu e a gente ficou louco junto. Fez tudo que não devia. Agora o tio se esquece de mim.

Meu tio era um filho da puta. Foi amaldiçoado por Deus. Me comia e depois bufava machezas. Um dia, resolvi contar pra tia. Ela me bateu tanto que acabei fugindo e caí na favela, na beira da rodovia. Os favelados me queriam, também. Eu era desejado por todos. Peguei raiva da tia. Ela invertia os nomes, dizia que o Diabo era Deus, e que eu me engraçava pro tio, que biscateava pra seduzir o porco-humano. Eu nem pensava nessas coisas ainda, só tinha treze. Fugi de casa e passei uns dias na rua, comendo resto. Fui pro centro. O palhaço Mac Donald é quem me salvava. Às vezes, o sanduíche vinha inteiro dentro do latão. Não aguentei, voltei pra casa, fui obrigado a pedir desculpa. Ela me deixou ficar, mas disse que a moleza ia acabar. Eu nem conhecia a moleza. Vivia duro, maltrapilho. Comecei a catar lixo todo dia, até na hora da escola. Pelo menos me escondia do tio. A mãe dizia que era pobre, não tinha dinheiro pra cuidar dos filhos. Me deixava assistir pornografia, ao vivo e a cores.

Me deixava até inventar apocalipses. Só com quinze é que voltei morar com ela. Só que já era convencido pelo Demo. Sentia saudade do pai. Ele sussurrava no meu ouvido e eu cumpria as suas ordens. O Demônio é que fingia. A mãe me orientava, mas não acertava o alvo que punha na mira. A gente chorava junto, cada qual no seu canto. Não tinha culpa de nada. Era a própria inocência desencarnando.

Agora as coisas mudaram. Não são como eram antes, quando o barraco tinha gás e a janta ficava sempre quentinha. Os touros de Basã vivem bufando na minha nuca, correndo em ódio atrás de mim. Eles não perdoam nada, correm pra vingar o mundo inteiro. O pastor quem disse. Deus me abandonou de tanta injúria e difamação. A vizinha fez minha caveira. Dizia que eu roubei da própria mãe. De todo mundo. Mentiras e mais mentiras. A mãe me idolatrava. Comprava tênis novo quando eu perdia o velho. Eu não fazia nada pra ninguém. Eles tiraram tudo de mim. Me pegaram no ponto e quebraram minhas costelas, de tanta porrada. Fui renascer no hospital dos noias. Me chamavam de louco. Levei sorte, podia ser bala. Pipoco na cara. Aí era eu que tava morto e a mãe podia velar a minha alma, rezar bastante. Talvez eu fosse pro céu, com ela chorando no enterro do caixão. Talvez eu não tivesse nesse inferno. Quem é que reza por mim agora que ela foi? Sobrou ninguém. O jardineiro do deserto sou eu. Pode avisar pro seu Diabo. Eu vou limpar tudinho, refazer a casa da mãe. Fiquei sozinho, plantando medo em terreno de burguês. Eles me acham sinistro porque eu não lavo o cabelo. Tem nó de tudo que é tipo. Fiz promessa. Só vou lavar quando Jesus voltar pra terra. Nunca mais eu vi a tia. Ela me finge desconhecer.

Sabia que Jesus apareceu pra mim na televisão? Falou comigo na madruga. E foi na Globo, acredita? Tinha daqueles filmes de corujão. Naquele dia, não passou cinema nenhum: missas exóticas, cultos estranhos, tudo numas línguas importantes. Jesus apareceu e começou a chorar sangue, falou comigo. Falou das minhas correrias e da mãe que eu tinha feito sofrer. Eram lágrimas de sangue, sim. Ele me disse que perdoa tudo. Me levou pro hospital dos noias. O pastor disse que os touros correm longe, que lá a gente é protegido pela graça do Senhor. Lá, o pai é quem manda. Aqui em casa não. A mãe mandava e desmandava, não tinha pai por aqui.

O pai morreu novo. Briga de facão. O pai sumiu, a mãe dizia que ele precisava trabalhar longe, noutro lugar. Ninguém sabe direito pra onde foi. Só fiquei pra cuidar da mãe. Não fosse ela, ia junto. O pai gostava de mim. Só que a mãe me contrariava. Me mandava parar, pregava o silêncio. Batia em mim se eu encostasse na bolsa. Eu precisava de dinheiro e ela tinha, mas escondia do outro lado. Nunca gostou do filho. Tinha ódio por mim. Me deu pra tia cuidar. Tudo pra não dividir o dinheiro. Minha família não tinha Deus. Eu pegava escondido e ela me batia depois, chorava muito, mas eu ia mesmo assim. Ela queria tudo. Jesus falou comigo e me perdoou. Sabia das minhas fissuras.

Você conhece os gambé? Eles não são quem dizem ser. E tem patrão que também mente, pra segurar a clientela. Os touros vivem aí embaixo, nesse buraco. Uns favelados. Foram eles que mataram a mãe. Tão até hoje atrás de mim. Botavam medo na velha. Saí um dia fazer a cabeça e, quando voltei, o velório já tinha acabado. Chorei pelo que não tinha mais jeito. A vagabunda da vizinha dizia que era eu. Como se os touros fossem meus chegados. Feito eu abrisse as pernas pro Demônio. Como se eu quem desse as chaves de casa pro bandido. Sou mais macho que muito homem metido a garanhão. Nenhum parente me queria dizer oi. Fiquei sozinho no meu luto. Fumei de volta, recaí. Era o diabo me chamando. Jesus combatia esse perfume. O diabo falava comigo por telefone. Cada ligação tinha um minuto. Jesus, não: Jesus é a vida inteira te chamando. Mas a voz dele é mais fraca; se não prestar atenção, não ouve. Eles pegaram minha mãe e agora voltam pra me pegar. Pregaram a coitada na cruz. Os porcos não defendem ninguém. Os touros são de lá e cá.

A casa é boa, mas já foi melhor. Tinha janela bonita, sem nenhum risco. Quebraram à noite com pedradas. Na madrugada chove pesado. O risco de morte é bem maior. Levaram a porta dos fundos, agora querem me vender. Cê não ouviu o barulho lá fora? São eles. Eles voltaram. O pai sussurra no ouvido o que fazer. Não tem escolha, sou eu quem eles procuram. Querem me esfaquear, igualzinho fizeram com a mãe. Só que a vizinha mentiu calúnias, botou culpas injustas na conta de um filho desgraçado. Agora os touros me olham com gana, envesgam de raiva. Os touros moram na favela. Os porcos, não. Mas os porcos se mascaram. Até eu, que nunca fiz nada pra ninguém, também já fiz papel de touro. Todo mundo fica touro quando fuma. Mas, se eu saio, eles tomam conta da casa, eles me invadem, me tiram tudo. Não tenho mais nada. Viro pedinte pela manhã.

A cicatriz? É do acerto, sim. E o acerto não tem hora marcada. Por isso eles batem, chamam nomes. Jesus perdoa, mas eles não. Eles não são quem dizem ser. Foi o pastor quem me disse. Me querem na pior. A casa não tem fechadura. Eles roubaram. Venderam. Querem tudo que é meu. Levaram todas as janelas, a porta, o gás. Me deixaram sozinho, depenado, ouvindo os sussurros de Satanás. Você conhece essa mandinga? Um dia, arrebentam sua porta e abrem feridas no corpo da mãe. No outro, comem teu cu. Te matam de pancada e depois te levam em cana. Tem até poema sobre isso. Doutor metido a sabe-tudo já contou coisas assim. É a lei do pai. Só que eu não desisto. Nem quando o enxofre vaza na fumaça da pedra e faz a fedentina no barraco. O incenso do capeta ardendo no olho esmigalhado. Melhor ficar alerta o dia inteiro.

Já entendi o recado, não sou pancada. Jesus não mente, foi ele quem me disse. A piazada tá atrás de mim. É boi-brabo. Tem fantasia pra mudar. Mas nada no mundo muda tanto assim. Nem tão cedo. São sempre os mesmos que sobem no mais fraco. Os cagoetas rifaram as histórias, são os inimigos de Cristo. São eles os verdadeiros psicopatas de que a moça da tevê falou. Os gambés também inventam seus velórios. Vão na favela, pegam a mãe dos outros e botam a culpa ne mim. Eles me querem no descuido. Já não me pegam, sou esperto feito o pai. Sumo pra sempre da quebrada, viro herói no pesadelo dos piás. O diabo me protege no meio-fio. É só rezar em línguas, chamar com força o desafeto. Faço mandinga enquanto me matam de pancada.

Quando invadem a casa, lembro da ferida na mãe. Acham que fazem a vingança por completa? Desconhecem a justiça dos errados? Eu sou pior, pode escrever. O perigoso, o todo torto. Mato a mãe dele. Mato a vizinha. Mato os gambés. Mato o bandido que aparecer pela frente. Quebro o pescoço do maldito, o cagoeta. Até no pastor eu taco o terror. Ele me disse, me ensinou as artes más. Teimou mostrar meu nome pro inimigo. Agora eu aliei.

Cê vai embora? Medo do escuro, por acaso? Se sou doente, então porque ninguém quer me curar? Vem me curar, vem. Eu fico quietinho, em silêncio. Aqui não tem porta. É mais seguro pra você ficar aqui. Lá fora tudo se inverte, chove pra cima, venta pra dentro. Senta comigo no chão. A gente fuma junto, divide a lata. A mãe não liga. Fica calada enquanto a gente esfumaceia o que sobrou. O paraíso é aqui. Não tem espanto. É só você ver com esses teus olhos espremidos de japonês. A casa é suja, tem lata por todo lado, entrava quem queria. Agora, não. Imponho meu respeito. Quiser entrar, vou avisando: vai levar chumbo. Fuma nós dois e ninguém mais. Cê me respeita, mostrou valor como pessoa. Fez merecer a amizade. E o bagulho é doido de verdade, cê vai vê só.

Eu já tentei parar, sabia? Se precisar, dou o rabo outra vez. Fico mais macho que já sou. Fumo tudo, depois pego mais. Perder o quê? Não sobrou nada. Agora enfrento quem vier. E a mãe do lado, com a vela acesa pro Diabo.

Ou sou eu ou é você. Os dois não dá. O pai vem logo, não me abandona nem nunca abandonou. Ele me diz quem vai sair, quem vai ficar. Escutou esse barulho? Foram eles. Conheço de longe. Eles querem tirar tudo de mim. Duvida? Quem aqui o mentiroso? Quiser me destruir, rasgo sem dó. O pai quem me avisou das artimanhas. Virei o jardineiro do deserto. Conheci Cristo pela tevê. O Diabo quer ser meu amigo e desvia as orações que são pra Deus. Aqui dentro, não. Não deixo, não quero, não vou. Aqui é tudo preto no branco. Um é gambé, o outro é porco humano. Um quer fumar, o outro me come no escuro. Um reza invertido, o outro faz milagre. Mas e o Demônio que faz sombra, sou eu ou é você? Os dois não dá. Cada um tem sua vez. Mente pra mim? Gambé é tudo mentiroso. Não tem espelho em casa, não? Não tenho medo de nada, o Pai vem sempre ao meu auxílio. E agora já passou. E agora eu fumo mais. E agora você vem fumar comigo. E agora eu é que sou touro de Basã.

Briga de torcida

Ô BANDEIRINHA, OLHA pra cá, filha da puta! Cê é gostosa, mas é ladroa demais! Ô vagabunda: tá dando o rabo pros pau no cu da capital?! — reagiu o velho à marcação do juiz, esfregando sua barriga maiúscula no alambrado, quase à linha do escanteio. Se bem que tivesse razão — mão ali, só mesmo a que molhou o bolso do juiz com o dinheiro sujo dos cartolas da capital —, e por mais que o nosso goleirão estivesse numa noite inspirada, brilhando na defesa, o brado daquele bigodudo foi a nossa perdição, o argumento que nos pôs em maus lençóis.

Do início da conversa, pouco entendi. Um tanto eu escutava, o outro eu lia nos lábios da moça. Então a minha atenção se fixou. O mais foi o senhorzinho quem contou na sequência. Quem estava por perto, ficou curioso em saber. Chutão pra lá, chutão pra cá — o povo largava mão da partida e punha o foco na questão. Pois que bagunça era aquela que se fazia no entorno do seu Luiz, portuga famoso na torcida, avô inofensivo, sempre vibrante em seu namoro com as quatro linhas? Quem era essa que se achava no direito de importunar a alegria daquele humilde justo num dia de festa?

Era bonita, a mocinha. Vi meio de longe, mas confirmei depois, quando as fotos circularam pelo *Whats*. Não vestia o manto alvinegro, o que estranhei. Além do mais, via-se que malmente voltava seu rosto para a partida. Pensei que fosse uma daquelas musas de programa esportivo, que só querem saber dos holofotes. Nada — era feminista, queria arrumar treta. Do resultado, decerto que nem deu trela. Só que, do modo como as coisas se sucederam, impossível se tratar de uma questão ideológica. Daí que, agora, o dano moral é o que queremos ver na conta bancária, além do título de campeão paranaense que, é claro, seria bem melhor. Seja lá qual a razão, o certo é que a guria se enfezou bonito. E levantou o velho pra dez.

Fazia uma noite bonita antes do tumulto. O jogo era final. O adversário, Coxa. O juiz gaúcho e a bandeirinha mulher. Os fatores de risco se sobrepunham. A gente tinha medo de superstição, de pensar em gol errado e o maldito acontecer. Xingamento e escracho se esparramavam por todo lado. A torcida dava seu empurrão na partida fazendo o fumacê dos sinalizadores. Contrariando a expectativa geral, a disputa começou morna, sem tesão, parecendo uma pelada. Chutão e passe errado o tempo inteiro. Impedimento era mato. O atacante se arrastava em campo, encagaçado.

Pra ajudar, nosso técnico retranqueiro insistia na loucura dos três zagueiros. Era evidente que não tínhamos um meio decente — há muito tempo que estávamos órfãos de um verdadeiro camisa 10 —, mas queimar o atacante assim, deixando o bicho isolado lá na frente, só podia ser coisa do estagiário da vez. O marasmo tomava conta do primeiro tempo, com as equipes se estudando e tocando de lado, recorrendo ao goleiro e ao chutão.

À medida que o tempo corria, porém, pela falta de criatividade, a partida foi ficando tensa. Com falta lá e cá, reclamação gratuita e festival de pênaltis forjados. Os carrinhos abundavam, quase à mesma proporção em que faltavam as boas jogadas. O meio de campo truncado e o juiz naquela velha história: se o jogador veio de Curitiba, quebrou a perna; se é do interior, corre que ainda é tua. Carta marcada, nem o primeiro tempo encerrado e já o porco do árbitro encontrava uma mão inexistente. Daí que, à margem do gramado, o velho disse o que disse, e a guria louca resolveu tomar as dores da bandeirinha, iniciando a discussão.

Foi nessa birra que a contenda se embasou. Nos primeiros diálogos, a peleja seguia tranquila. Quando me aproximei, no entanto, o clima já não era dos melhores. Possessa como estava, a mulher se desfigurava. Aos berros, chamava o velho de fascista e babaca, de reaça e machista, enquanto o homem assustado retrucava com outras tantas grosserias, questionando a vida amorosa da moça, se ela tinha ou não um namorado que soubesse foder, porque era malcomida, por certo, e maconheira também. Malcomida ou não, ela rebatia que aquilo tudo era misoginia, enveredando o papo para uma estradinha perigosa — foi nessa parte que a multidão cercou a dupla e, temeroso com o barraco, distanciei-me ainda mais, perdendo a exatidão dos fatos.

A organizada mediou o conflito. Ocorre que, naquele pé, com o dedo em riste da moça diante do bigode do portuga e ele ali, ruminando as ofensas, sentindo-se humilhado, quase no jeito de socar a cara da guria — quem sabe coisa pior —, o mais certo era um dos dois se retirar. A torcida optou por deslocar a feminista, sugerindo que mudasse de setor e assistisse em paz o resto do jogo. O velho não entendia bulhufas do que se passava ao redor. Perguntava aos outros se acaso a moça era parente da bandeirinha, se tinha vindo para cá com o ônibus da capital, se era doida ou só queria aparecer. E insistia, enfurecido: *qué chamá atenção põe uma melancia no pescoço, biscate véia.* A expressão injuriosa era o mantra que o ancião repetia em voz baixa, emburrado a seu canto. E tinha lá alguma razão, que a moça parecia mesmo meio desequilibrada, doente da cabeça. Em reforço à tese do desvario, as atitudes da destrambelhada: nem tchum pro gol que era nosso e explodia o estádio. Invés de comemorar, engrossou outra vez, como se não suportasse a alegria do vovô. Prejudicava as famílias. Os pais fugiam com os filhos, queriam poupá-los da baixaria que se anunciava. A barraqueira promovia a inconveniência total. Não mais apenas com o velho — o caso já envolvia todo o setor da arquibancada.

Era noite de festa, tinha que ser. Operando milagres, nosso goleiro já contava duas defesas difíceis, afora o pênalti que não existiu. No segundo tempo, a partida voltava ao lenga lenga inicial. A fumaça dos sinalizadores entrou em cena mais uma vez. O placar era de um a zero favorável, mas, com o mal-estar que se instaurava, a gente sequer encontrava clima pra comemorar. Indignada, a doida acusava a torcida inteira de machismo. *Querem punir a vítima e não o agressor? Abusam de mim!* O mano Sergião, que não se encolhe no aperto e quando chega faz a frente, logo perdeu as estribeiras. Puxou a mina pelo braço, mandou tomar no zóio e vazar. Só que a mocreia, de celular na mão, já tinha dado o *play* na câmera e continuava a discussão. Forjando uma prova, ela filmava os torcedores que se esbarravam no entorno dizendo: *aqui o registro da misoginia nos estádios brasileiros, do preconceito no futebol, olha aí o retrato do machismo em ação.* E continuava: que a opressão contra as mulheres era cotidiana e que elas precisavam dar um basta nessa situação. E quanto mais ela falava, mais o Sergião e o seu Luiz perdiam a cabeça. Chamavam de biscate, de baranga, de cola velcro; davam mais corda para a sua armação.

Na reta final, nossos volantes já estavam amarelados e, fora de campo, enquanto o treinador pensava alternativas que evitassem uma expulsão eminente, a situação constrangedora se prolongava feito um acréscimo indesejável. Eis que, percebendo o celular que nos filmava, alguns torcedores cercaram a moça, furiosos, exigindo o fim daquela gravação absurda. *Larga essa porra, mina, larga logo e vaza daqui! Vaza daqui sua puta!*, o polaquinho da Ronda exagerava no tom. Ela resistia, identificava hesitações na turba e perguntava quem seria macho pra bater de frente com ela. Alguém de longe gritou, meio por troça, que se ela não fosse embora a torcida ia raspar os seus cabelos do sovaco, ao que muitos riram, outros gargalharam, e uma chuva de pipocas inundou o centro da buia. O senhorzinho do alambrado, que ainda boiava em sua defasagem etária, pegou o celular da moça num golpe brusco e, com baita força admirável, arremessou-o contra o banco de reservas do time adversário, fazendo voar um estilhaço do aparelho no Dedé, cachaceiro do time adversário que, na temporada passada, chegou a fingir que jogava em nosso time.

Para a minha surpresa, o resultado daquele bafafá veio em dois tempos. O primeiro e mais intolerável foi o relato que o infeliz do juiz fez na súmula, mencionando o objeto atirado ao campo. A justiça desportiva do Paraná, velha máfia da capital, puniu o clube com uma inversão de placar. Desmotivando o elenco, os togados tiraram de nossas mãos o merecido caneco de campeão estadual. Afinal, já era nossa aquela taça, mas, com a punição, o time entrou miúdo no jogo de volta. Com os melhores jogadores assim, cabisbaixos e sem vontade de vencer, acabamos levando um chocolate daqueles, surra que os torcedores de verdade preferimos esquecer.

O segundo momento da contenda, porém, fui conhecer somente por esses dias, quase um mês decorrido. A feminazi resolveu nos processar, a todos os sócios do clube, sob a alegação de que sofrera uma violência de gênero naquele dia e, sem um agressor concreto para citar no processo, usou da relação de todos os homens associados à época e que, naquela data, compareceram ao estádio. Somos todos bandidos, à visão da comunista imunda, já que a torcida tinha ido contra ela e, de fato, depois de tanta provocação, a expulsara do estádio a pontapés. Somos todos culpados, mesmo os que, como eu, viram tudo à distância, torcendo para que as coisas se resolvessem da melhor maneira possível.

Pode isso, juiz? A regra é clara. Que mulher e homem merecem o mesmíssimo respeito, ninguém da torcida ousou ir contra ou questionar, sequer tivemos a pachorra de pôr bruteza no argumento. Mas cada coisa em seu lugar: política política, futebol futebol, e que um e outro continuem bem separados. Que esse negócio de coxinha e mortadela é demais até pra gente, que é velhaco na loucura. Como se os rivais não se bastassem sendo iguais na insensatez e, o que é pior, o banimento da cerveja já não fosse punição suficiente pro coletivo suportar.

Ocorre que, conforme a sapiência do povo, de esperto é que morreu o gato. A organizada deu seus pulos, também.

Encontraram seu perfil no Facebook e, para espanto apenas dos mais ingênuos, adivinha só a página que a encrenqueira curtiu? Isso mesmo: era Coxa, a vagabunda. Comemoramos quase como um novo título. O advogado do clube, muito respeitado na cidade, colocou-se à nossa disposição e, com a descoberta de um dado assim, tão relevante, ficamos todos otimistas. Abriu-se uma esperança no reverso da decisão sobre a grande final. Pois se era tudo uma armação adversária, teria cabimento nos punir?

A razão, evidentemente, está do nosso lado. A lógica seria que, no mínimo, a partida fosse disputada novamente. O que nos deixa meio assim, ressabiados, é o fato de que, bem, não é querer dar corda pra conspiração, mas sabemos como funciona a justiça, ainda mais a desportiva. Ou já não se lembram do último roubo descarado? O time do Londrina voando em campo, em primeiríssimo na tabela, e nos bastidores perdendo os pontos que eram seus? Daí que, nessas condições, será difícil trazer de volta a nossa chance de troféu. De resto, mesmo que o título nos escape, estamos confiantes de que, com a ajuda do doutor Micholsky, venceremos ao menos o absurdo processo por misoginia.

Dos males o menor. No mínimo, será divertido ver essa pilantra metida à besta sendo colocada em seu devido lugar. Vê-la tomando sem cuspe uma enfiada por trás, feito a putinha que de fato é. Sem violência, queremos apenas a justiça. De nosso lado, seguimos na torcida. Assim como, noutros tempos, fizeram nossos pais e avôs e, no futuro, nossos filhos farão também. Estaremos lá, na arquibancada, firmes e fortes, levando adiante essa tradição tão mágica, poderosa, cívica até. E nisso somos bons, os maiores do interior. Mas que o juiz do caso seja macho: que deixe de lado as veleidades femininas e, pondo a mão na consciência, decida em prol do que é certo, pelo menos desta vez.

Loucuras de amor

QUEM NUNCA FEZ loucuras por amor? Nunca perdeu a cabeça, fez coisas que até Deus duvida? Só mesmo quem nunca amou. Bobagem? Pois comigo e o Rodrigo foi assim. Quando ele apareceu, eu era casada com Anselmo, o pai da menina. A vida estava boa, sem motivo pra reclamação. Elogios também não, talvez por isso eu tenha caído na lábia do Rô. Chegou trazendo perfumes e flores, e coisas que eu nunca tinha recebido do meu ex nem de ninguém, ganhando aos poucos o meu respeito, até o dia em que a paixão já era sem volta. Apareceu de repente e, teimoso, resolveu não sair mais. Gostava muito de mim. Nos últimos tempos, é verdade que andamos esquecidos um do outro, mas nunca pude me queixar: já me amou muito, o homem. Ainda me ama, esse doidinho. É louco por mim.

Quando a gente se ajuntou, vivi num carrossel de ternuras. Rodrigo voltava do trabalho e a gente se amava no chão da sala. Eu preparava a janta e ele me comia com os olhos. Depois da refeição, outra vez um tempo só nosso, de namorar. Então ele tomava banho e se estirava no sofá. Eu ligava a tevê e, prova de bem querer, ele, que não gostava de ver novelas, deixava no meu canal só pelo mimo que fazia. Futebol era sagrado — de resto, sempre me dava o privilégio da escolha. Antes de dormir, eu fazia cafuné nos seus cabelos que brilhavam úmidos e, último suspiro, ainda o fôlego pra querer mais uma vez. Depois desmaiávamos sem forças e, coisa linda de lembrar, aquilo parecia ser a paz.

Com o tempo, nossa relação degringolou. Talvez eu tenha perdido a graça. Ou a paixão tenha envelhecido com a idade. As primeiras varizes apareceram na perna bem cedo. E foi o Rô quem viu primeiro. Ele quem sempre me lembrava delas. Às vezes, quando eu tirava a roupa, percebia o seu olhar parado, atento à minha imperfeição, fulminando as manchas e os traçados azulados da coxa esparramada. Incomodava demais. A nós dois, aliás. Se dinheiro eu tivesse, consertava no mesmo dia. Quem sabe arrumava junto o nosso amor que, como as varizes, por longo tempo conviveu com ameaças de uma súbita sangria.

A gente se perdeu um no outro e, como sucede nestes casos, o desencontro era debaixo do mesmo teto. Meu Rô começou a ficar distante, perder o interesse, passar os dias em branco. Eu atiçava seu instinto de macho, mas nada funcionava. Primeiro uma vez por semana, depois uma vez por mês — quando dei por mim, fazia milênios que a gente já não trocava carícias como antigamente.

Se não arrumou amante ainda, decerto que logo arranja, dei de pensar. Uma ou duas ou várias, e passa a noite toda num bordel à beira da estrada, tirando calcinha de mulher fácil com a boca fedida de pinga. O riso frouxo e as magias sexuais. Eu sentia a dor no peito, um engasgo na garganta. Não podia deixar meu homem escapar assim, sem lutar pelo que é certo. Eu faria tudo pra manter Rodrigo em casa, voltando a ser o príncipe dos primeiros dias, apaixonado e apaixonante outra vez.

Começou a beber, chegava tarde em casa. Comigo, já não passava um minuto sequer. Quase não trocávamos palavra. A gente cruzava os olhares em silêncio ao redor da mesa, mas seu semblante grave, sisudo, sempre evitava dar com o meu. Na hora do café ou do almoço, sentia aquele peso imenso, feito estivéssemos no velório do nosso próprio amor. Eu sabia que estava perdendo o meu marido, por isso é que tentei revidar. Fiz de tudo e mais um pouco. Ofereci a ele as partes que geralmente negava, me tornei uma mulher vulgar. Quando me achava na cama, o desgracido usava a força em demasia. E até me machucou mais de uma vez. Loucuras de amor. Fiz sacrifícios pelo meu homem. Nada disso funcionou. Abusou de mim, mas continuava esquivando seu corpo quando não estava de cara cheia. Sorte ou azar, ficava bêbado quase todos os dias.

E até nisso a mudança foi bruta. Perdeu a sua fé em Deus. Em nosso primeiro ano, íamos ao culto toda semana. Depois do terceiro? Nem implorando pisava numa igreja.

Saía demais, arranjou más companhias, uns e outros que eu não aturava ou engolia nem que pintados de ouro. Eles é que levavam meu Rodrigo pras madrugadas de farra, jogatina e mulherada. Aceitei tudo isso com medo de que, muito eu reclamando, ele me deixasse. Amava demais esse homem, não suportava a ideia de ficar sem o seu cheiro. E quem dirá que nunca errou por tanto amor?

Mas orgulho sempre resta, mesmo que diminuto. Eu queria saber quem passeava pelo seu corpo, aquele corpo antes perfeito e que agora inchava, criava barriga, desde que o futebol se tornara um pretexto para farrear. Queria saber se havia verdade na minha preocupação, se eram casos de uma noite só ou se uma lambisgoia tentava roubar o Rodrigo de mim. Não me importava que tivesse diversão com mil e uma vagabundas, desde que não fosse uma só amante fazendo a sua cabeça com caraminholas de biscate, e que voltasse para casa quando o prazer se esgotasse. Fugir com outra é que eu não podia aguentar. Melhor seria me matar de vez.

Então corri atrás dos seus segredos e comecei a entender suas escapadas. Plantei cagoetas nas noitadas para saber com quem andava e o que fazia o meu Rô. Voltei a sorrir quando percebi que as saídas batiam com aquilo que, em tom áspero, ele me dizia na manhã seguinte. Não havia mentira entre nós dois. Rodrigo fumava, bebia e jogava. Às vezes, quando o pagamento estava inteiro nas mãos, recebia uns carinhos vulgares no bar da Suzete. Quando queria luxo, chegava a dar suas escapulidas pelas boates do centro. Nada que eu não soubesse e que — a contragosto, como deve ser — até mesmo aprovasse, posto que não fosse muito além de uma conduta masculina. Muita coisa eu aceitei pelo amor.

Eu já estava convencida de que o problema era minhoca da minha cabeça. E que a distância era uma coisa normal — todo casal um dia passa por períodos de provação. Se não voltou a me pegar como fazia, pelo menos seu refúgio no meu colo era garantido. Ele voltaria sempre para mim depois das aventuras e dos encontros furtivos nas madrugadas afora. Aos sábados, dizia não me espere. As noitadas eram longas, não tinham fim, só se acabavam na manhã seguinte, com o cheiro de cachaça e mulherada a lhe impregnar a camisa que eu tinha de lavar. Eu fingia de sonsa e ele nem fingir precisava. Deixava aquele vão permanecer intocável e, com sua bruteza habitual, tinha um escudo perfeito para as repetidas traições.

Só que o mundo é feito e refeito de surpresas. Num sábado à tarde, fui na casa da mãe. Por esquecimento, voltei buscar umas tralhas. Eu ia pro quarto quando escutei a voz tremida de Rodrigo, exatamente como aquela de nosso tempo de namoro. Com quem falava assim, tão manso? Quem a vagabunda que o fez perder a cabeça, que o fez romper o limite e trazer sua sujeira para dentro de casa?

Pensei que o pegaria no flagra com uma prostituta, mas não podia estar com meretrizes e que tais: a malícia era contida, feito ele voltasse aos velhos tempos da conquista. Entreaberta, a porta do quarto de Juliana. Lá eu vi a menina sentada no seu colo. Dava pra ver que o fogo queimava nos olhos do homem. Ele esfregava o corpinho precoce da enteada no meio das pernas enormes, em flagrante desproporção. Podia ser apenas carinho. Podia ser uma intimidade de parente — o Rô gostava muito de Juliana, acompanhou a menina desde os quatro. Com doze, já se entendia como seu pai. Nunca teve maldades com a minha filha. Então porque desconfiar do que foi sempre tão correto e normal? Tentei não enfiar agulhas na cabeça que, depois de tanto sofrer, parecia andar direita. Saí de fininho, sem ser percebida. Eu esperava que o visto nada fosse. Que minha paranoia estivesse inventando coisas — em verdade, somente o amor de um pai emprestado, um laço mais forte, de família, que se costurava entre os dois.

Já tinha colocado a situação para as vizinhas. Ficar de olho nunca é demais, foi o conselho. Das vezes que o espiei com Juliana, sempre a mesma esfregação e nada mais. Não pensava num motivo para preocupações maiores. Que mal num padrasto que agrada a enteada feito fosse cria sua? Estranhei mesmo foi a mudança na menina: de borboleta esvoaçante, tornou-se ovelha triste e ensimesmada. Não falava, andava muda, arredia, jacu do mato. Falei com ela, que jurou não ter problema. Perdeu a graça de brincar. Eu disse: *se algum mal Rodrigo te fizer, você conta pra tua mãe na mesma hora, entendido?* Respondeu afirmativa ao recado. Não tive culpa do desastre. O meu erro, se houve, foi acreditar na fedelha.

Bêbado e caído no sofá, Rodrigo roncava quando consegui a prova do seu crime. No celular, vi as fotos que me fizeram estremecer. Como sofri, meu Deus do céu, como doeu dentro de mim! Antes, jamais tivesse visto. Até em vídeo o homem tinha o registro do seu pecado mortal. Ele com a coisa apontada para a minha própria filha, que o pegava nas partes nuas — uma criança, Jesus Cristo, como pôde? Chorei baixinho na cama, afogando-me num travesseiro a fim de conter aquele desespero.

No dia seguinte, falei que estava tudo acabado, e que sabia das safadezas que ele aprontou com Juliana. Implorou que não contasse pra ninguém, que jamais faria outra vez. Disse que a menina já não era tão ingênua, e que sequer estava virgem. Que queria também, que o seduziu com olhos verdes de sereia. Perdeu a cabeça, mas agora estava são. Implorou que não contasse aos meganhas, disse que faria qualquer coisa que eu pedisse, mas que não contasse pra ninguém. Um erro só — e quem de nós nunca errou, afinal?

Contar não contei, mas o cachorro segue longe de nós duas. Ao menos já não pode fazer mal à menina. Além do quê, denunciar o homem vai servir pra qual desfecho? No fim, muito amei aquele desgraçado. Não quero ver meu Rô atrás das grades, provocar um sofrimento agudo por ciúme ou desejo de vingança. Aprender já aprendeu. O que nos resta, agora, é esquecer.

Mas o problema, claro, é justamente esse. Agora que estou na casa da mãe, ele me liga e me procura, sempre me chama, manda flores e fala de amor. Volta a ser aquele Rô de quase uma década atrás. Andou dizendo para a vizinhança inteira que jamais me esquecerá, e que eu permitindo, me pega novamente, leva pra casa e não desgruda de euzinha por nada nesse mundo. Faz até uma festança de bodas. A mãe reclama, diz que devo voltar — desquitada duas vezes, quem é que vai querer? Vão sobrar somente os tralhas. Homem sério e trabalhador? Pode esquecer. O Rodrigo, por outro lado, trabalha duro, é pau pra toda obra, não se cansa. Afinal, nunca foi de sair da linha. Bebe e fuma, joga baralho no bordel — mas que homem não tem um vício?

Até poderíamos voltar. Acontece que, toda vez que ele aparece, me lembro das barbaridades que fez com Juliana, das coisas nojentas que guardava no celular. Penso na menina, a coitada, no trauma que ficou. Não posso deixar a raposa vivendo com a galinha. Ele diz que mudou, mas não consigo confiar inteiramente. Quem sabe dar uma chance, voltar aos poucos, fazer o besta provar que está transformado.

Você me julga? Não tiro razão. Nem todas são capazes de amar assim. Venero esse desmiolado. Se bobear, virou doença, alguma desgraça mental, sei lá. Mas vê lá, mulher, vê lá você e a tua língua solta, ein? Não vai abrir o bico em fofocas por aí! Se envolver polícia no meio, a coisa desanda de vez. Não quero nem pensar no que faria o meu Rô. Que os nossos pecados, só Deus Cristinho quem pode julgar. E perdoar também, que todo o mundo erra alguma vez. Quem nunca fez loucuras por amor? Nunca amou ninguém na vida, será? Sou doidinha pelo Rodrigo. Ele? Apaixonado que só. Faz tudo, qualquer coisa que eu pedir. O homem é louco por mim.

Satanás

NÃO ERA GRANDE nem forte, tampouco de uma raça que botasse medo na gente. Um vira-lata franzino, de pelagem rala e amarela, desses que se derretem no primeiro estalar dos dedos. Carente de dar dó. De uns tempos para cá, porém, passou a nos encarar com um ar traiçoeiro, feito estivesse sempre na iminência de um bote ou ataque fulminante. Por pena ou medo, ninguém o tocava do bloco D. Até o dia em que, alucinado, o cãozinho mordeu uma das tias da cozinha. Daí por diante, foi duro defendê-lo no mesmo tom.

Se não era velha, a terceira idade já lhe batia às pernas. E Satanás, como passou a ser chamado pelos estudantes que vadiavam no saguão, quase tirou uma lasca de sua batata molenga e cheia de varizes. Não fosse o rapaz passando ali, Deus sabe o desastre que podia ocorrer. E se foi ele quem chutou as fuças de Satã, acudindo a senhorinha, ele também quem afastou o populacho fora de si, que exigia o sacrifício do bichano. A loucura da reação foi denunciada pelo moço e, com a autoridade nele investida pelo salvamento, a turba enfurecida tomou sua dose de bom senso, acatando a sugestão.

Deixaram Satanás em paz. Só que o pobre vivia na rua e, cedo ou tarde, certamente sofreria uma vingança, um ataque à traição. E deu que assim, pressionado pela circunstância, e mesmo um tanto a contragosto, entrei nessa tragédia quase grega.

Com todos os riscos que se prenunciavam, decidi-me pela adoção. Nem o vira-lata precisou apelar para a cara de coitado, como fazem os de sua laia, ou me jogar olhares lacrimosos de quem suporta em completo abandono as noites frias e implacáveis do segundo planalto paranaense, recostado no calor fétido de um mendigo entorpecido. Bobo não sou — temi levar nos braços a feroz mordida, eventualmente carregada do contágio de enfermidades caninas. Na cantina da universidade, comprei um empanado gorduroso. Aproximei-me de Satã — foi o suficiente para, deixando a fúria de lado, o cãozinho me seguir até o carro. Joguei a vina no banco de trás. Com um salto bailarino, abocanhou o salgado roliço. De algum modo, o trajeto o tranquilizava. Quando cheguei em casa, quase dormia. Satanás o meu anjinho no quintal.

Por pouco tempo, é verdade. Acordou espevitado, fuçando e reconhecendo o terreno. Deixei-o livre para marcar território. Parecia outra vez com o inocente que, até bem pouco, esmolava restos de comida à porta da lanchonete universitária. A sanha assassina retornou quando, pelas grades do portão, o cachorro espiou um menino a pedalar. Julguei tivesse fome. Ração não tinha, joguei as sobras do almoço numa bacia. Bem alimentado, parou de latir. Diante da sesta tranquila, imaginei que o vira-lata deixaria a raiva de lado ao perceber que, de casa nova, finalmente estava seguro. Comida não seria problema. Tampouco a chuva lhe cairia sobre o focinho. Dormiria na garagem, aquecido por cobertas velhas que eram, desde já, o meu primeiro presente e um cartão de boas-vindas.

Eu estava tomado pela complacência, afinal. Mesmo que o esforço saísse conforme o esperado, nenhum empenho seria suficiente para escapar desta lei inexorável: nem só de pão e carinho sobrevive o homem, quiçá o seu melhor amigo. Com duas semanas, o saldo era desanimador. A inquietação de Satanás continuava. Espírito rebelde, o danado fugia todos os dias, religiosamente. Era difícil sair de casa sem deixá-lo escapar. Tudo bem que, assim como dava suas escapulidas, Satã também voltava para casa — o filho pródigo com seu rabo entre as pernas. Com a aflição que demonstrava quando enclausurado, era imperativo ceder às vezes ao seu desejo de liberdade, deixando-o correr por mais um tempo pelas esquinas do mundo cão.

Só que a paz tardava a chegar. Dois meses depois, as investidas violentas continuavam. Indomável, aventei a hipótese da raiva. Por insistência dos amigos, resolvi levá-lo ao veterinário. Fui negligente, afinal, com um princípio básico da adoção: certificar-se de que o pequeno esteja com a saúde em dia. Com o tempo, aprendi tudo pelas redes sociais. Os grupos protetores me ensinavam bê-a-bás. E cuidar do bicho era mais complicado do que eu imaginava.

Para a minha surpresa, o mal tinha diversas faces. E o quadro era esse: o pobre cãozinho, que em pouquíssimo tempo já me despertava o amor mais puro e filial, este meu amiguinho engordava uma estatística cruel; a dos viciados em crack. Certamente, uma influência nefasta do meio. Vivendo na rua, que outro destino teria? De todo modo, culpado ou vítima, era difícil aceitar que meu Satãzinho, tão fofo e pequenino, estava entregue ao pesadelo da droga maldita.

Como não me dei conta? — era a minha indagação cotidiana. O meu amigo estava ali, pedindo socorro a cada latido e, sempre tão cheio de preocupações frívolas, não dei ouvidos ao seu apelo desesperado. Obviamente que o vício explicava sua extrema ansiedade. Pelas manhãs, arranhava com força a porta de casa, até me acordar. Sossegava apenas quando, vencido pelo cansaço, eu deixava a sua fresta no portão. Se tentasse o impedir, Satanás perdia o respeito e me mordia com ferocidade. Depois das escapadas, o vira-lata voltava, à espera de mais uma reconciliação. O desgramado lambia minhas feridas, fitando-me com pupilas lânguidas que imploravam por perdão. Lentamente, porém, a paciência foi se esgotando.

Àquela altura da relação, eu mal conseguia esconder: abertamente, já lamentava tê-lo trazido para casa. Depois, sentia culpa. Envergonhava-me o pensamento e, visando compensar o meu pecado de consciência, afagava o cão que, serelepe, virava a barriga, querendo receber melhor os meus carinhos. No fundo, eu não sabia o que fazer. O veterinário me alertava para o risco de, à ocasião de uma abstinência, forçá-lo além do seu limite. As escapadas, compreendi, tinham todas aquele mesmo fim. Seu faro apurado não procurava pelo cio das cadelas, que clamavam aos uivos pelos prazeres da vizinhança. Nos quintais do bairro, eu o procurava às caninas surubas de lá e cá, mas Satanás era assaz diferente. Arredio, jamais se juntava aos bandos. Saía às ruas com a mesma fixação de um visionário messiânico, trilhando seu próprio caminho em meio às cascatas de desespero que desaguavam no seu vazio confortável de animal quase domesticado.

Satanás fugia, mas voltava. Quando pela primeira vez ficou sem dar as caras por mais de uma semana, percebi que estávamos verdadeiramente fodidos. Por mais que a culpa não fosse exatamente sua, que o vício configurasse uma doença e, como tal, exigisse de nossa família um adequado tratamento, era difícil aceitar que o meu cachorro virasse a semana se drogando na biqueira e, neste meio tempo, sequer fosse capaz de me deixar um recado ou aviso, um sinal de que estava vivo — qualquer coisa que pudesse, apesar do contexto malfadado, minimamente me tranquilizar. Era um risco contínuo. As histórias pululavam pelo Facebook. Os grupos protetores não se cansavam de me amedrontar, alertando-me aos casos de ocultismo e bruxaria, magias negras com o uso de animais. O mais das vezes, eram os gatos que perdiam as órbitas para o capricho dos *freaks*, em rituais de alguma seita de bitolados. Quem não tem gato, porém...

Um mísero contato, somente essa a minha exigência. Na fissura, contudo, Satã se desfez do celular. Disso, fiquei sabendo depois, quando voltou para casa com seus olhos úmidos de remorso. Quando dei pela falta do *smartphone*, o amaldiçoado gemeu baixinho, deitando submisso com a sujeira da recaída sob os meus pés. Estava descalço. O que mais me doía, é evidente, não era o valor do aparelho, embora tenha me custado meio salário. Difícil mesmo era aceitar o rompimento do laço. Fui eu quem o presenteou com o telefone, santo Deus, e Satanás, perdido numa boca de fumo qualquer, o trocou por quantias irrisórias de ilusão.

Eu não sabia como lidar com tudo isso. Diante da triste figura, era ridículo prolongar preocupações materiais. Em seu retorno, Satanás estava esgualepado. Sangrava nas orelhas e no rabo, salpicado de mordidas pelas pernas — um trapo que só. Eu receava que, num dia desses, o pequenino voltasse mancando vergonhas para casa, depois de abusado por um morador de rua, constrangido pela flor de lótus aberta no traseiro. As histórias pululavam. Nas redes sociais, os protetores me diziam que.

Felizmente, estava intacto o buraquinho. Deu que o sangue, contudo, havia espirrado nas barbas do focinho e nas patinhas. Nas feridas mais profundas, a seiva de seu corpo coagulava. Uma sorte de bicheira vermelha se formava na pelagem, cheia de moscas varejeiras a lhe rodear. A situação de Satanás me nauseava sobremaneira, provocando os maus pensamentos a respeito da vida que levávamos. Atento ao seu choro arrependido, julguei que o amigo chegava ao mais fundo daquele poço deprimente e que, dali por diante, fisicamente até, as coisas só podiam melhorar. Mais um engano. O nosso inferno estava apenas começando. E os sentimentos se embaçavam em seus limites. Amor e ódio, razão e medo, tristeza e fé — fontes opostas se conjugavam em minhas meditações sobre o tema.

Na tentativa de reabilitá-lo, limpando-o da química, prendi-o na garagem. Por quinze dias, Satã latiu, uivou, arranhou as portas, até bateu com a cabeça na parede. Era um castigo necessário. Do lado de fora, ficava eu com o coração apertado, pensando que o bichinho já tinha aprendido a lição. Minha vontade era deixá-lo sair depressa, vê-lo feliz a remarcar seus territórios, urinando ao redor da casa inteira. Mas precisava ser firme, dessa vez. Entrava na cela somente para o alimentar. O fedor da garagem empestava o quintal. Pela manhã do décimo quinto dia, deixei-o sair. O fiz receoso de que, em fúria, Satanás pudesse aprontar uma das suas. Esquivei-me quando pulou. Depois, respirei aliviado. O salto não passava de uma submissa e contagiante alegria em me ver. A saudade preenchia todos os espaços. Passamos a borracha no passado: nossa relação recomeçaria do zero, exatamente dali.

Só que não durou. Quanto engano, meu Deus, eu estava me tornando um *expert* na arte de me iludir. O animal não parava de coçar. Não era sarna. A coceira descontrolada denunciava seu processo de abstinência. Naquele dia, fui ao mercado comprar uns quitutes para o animal. Peguei filé, o pobrezinho merecia. Chegando em casa, avistei os buracos do jardim e, mau presságio, senti que as coisas iam mal. Satanás cavocou a terra feito um cachorro desvairado. A porta dos fundos aberta; alguém a nos roubar? Era perigoso, mas eu precisava descobrir seu paradeiro. Rezei para que estivesse na cozinha, procurando um petisco. As histórias pululavam. Eu sabia que, na sua ausência, algo de mórbido estava para acontecer. Lamentavelmente, dessa vez eu tinha mesmo a razão.

Mirei os cantos da cozinha, os armários revirados. Pacotes e panelas jogadas pelo chão. Na sala de estar, nada mais grave. O televisor continuava lá, os livros também, tudo em seu devido lugar. Entrei no quarto e a realidade me despertou. Fracassamos, Satanás e eu. Daquele momento em diante, alguma coisa parecia rompida e sem volta, desfeita para sempre, como um friso destruindo a porcelana. Como me sentir seguro na sua presença depois daquele embrulho? Meu pequenino Satã, cãozinho inocente, meu lambe-lambe de fofuras plenas — como admitir? O viciado me roubara a valer.

Desde que entrou para a família, à moda dos filhotes, Satanás fazia das meias e cuecas que caíam do varal um seu brinquedo. Jogava-as com força para cima e, no exercício da gravidade, pulava esbelto, resgatando-as no ar. Neste pormenor, jamais o censurei. Mesmo porque sua recuperação exigia distrações, um meio de esquecer, ainda que temporariamente, o inferno das drogas. Desta vez, porém, suas ações não tinham nada desta alegria inofensiva. Jamais o cão havia surrupiado as meias de dentro do armário. Sua traquinagem mais comum se resumia a recolher as peças que esvoaçavam pelo gramado à passagem dos ventos mais fortes. A cena agora assustava. Além de mexer nas gavetas do quarto, o cachorro fugira com uma dúzia de conjuntos de roupas íntimas, possivelmente a fim de vendê-las à primeira oportunidade.

Emaranhava-me o nó na garganta. Como se um pensamento fosse a decorrência lógica do outro, sobreveio-me o horror e o desaguar convulso de um oceano de sentimentos contraditórios — assombrava-me o que a consciência era capaz de produzir. Desejava, em meu íntimo, que Satã não voltasse. Que a morte o encontrasse nalguma esquina ou sarjeta fedorenta. Justo naquele dia, como que a intuir o meu desejo, Satanás não voltou. E uma culpa passou a ecoar em minha cabeça pelo pensamento infame.

Decidi procurá-lo pela noite. Imaginava paradeiros. Lugares em que, fissurado pela pedra, meu cãozinho poderia ir. Desci ladeiras maltratadas, cruzei arroios imundos e conheci os cantos mais escuros dos fundos de vale que vivem à sombra dos prédios centrais. Naquela hora, naqueles buracos, e com o frio que despontava, a cidade parecia muito mais insana do que o normal. Não encontrei Satã. Subitamente, um acesso de racionalidade me fazia perceber o quanto a tarefa era ingrata, para não dizer impossível. O mais provável era que, continuando com a caçada, eu acabasse me dando mal nalguma quebrada ou rua sem saída, perdendo o carro e, valha-me Deus, sabe lá mais o quê. Com a lágrima incontida a deslizar pelo rosto, fiz meia volta e tomei o rumo de casa.

Fui pelo trajeto mais longo, porém, nutrindo ainda a esperança de encontrá-lo por aí. O sono quase me alcançava no volante quando, próximo ao Clube Verde, avistei o aglomero de manos e minas que se entorpeciam nas imediações de uma balada funk. Pelo avançado da hora, imaginei que estivessem de saída. Na paralela seguinte, a danceteria fuleira explicava aquele princípio de confusão. Suspeitei de uma briga. Logo percebi, no entanto, que entre a multidão de malacos havia um carro atravessado, quase no meio da rua. E que a batida atraía atenções.

Brequei cauteloso, diminuindo a velocidade antes de passar pelo cenário caótico. Com vagar, fitei as feições bestializadas daquelas gentes que falavam alto, muito alto, levando no braço as garrafas de vodka barata e as carteiras de cigarro paraguaio, o fuzuê em meio à marofa maconheira que me causava náuseas. Foi quando me veio a notícia que jamais sairá da memória, tumor no espírito ou motor de depressões. E a culpa que, a rigor, sequer era minha, mas aceitei resignado.

Era Satanás. Estava morto, com as tripas para fora, atropelado por um Celta prata. O sangue quente lhe escorria pelas fuças e, de um modo estranho, seus olhos fixos refletiam a imagem de uma imensa e enigmática lua cheia — a superlua que, por sua vez, anunciava horizontes ainda mais vastos. Sem saltar do carro, no silêncio mais absoluto, gritei para dentro de mim mesmo e, não suportando o baque, virei o rosto para não mais ver.

Do outro lado da rua, um homem alto e forte, um tanto ríspido no trato, trocava ofensas com uma prostituta que, indiferente ao óbito de Satã, oferecia a ele o seu programa. Margeando o casal, a placa anos oitenta piscava um nome de boate. Embriagado pelo incenso maloqueiro que invadia o interior do carro, pisei fundo, buscando distância daquela vertigem. O efeito, contudo, foi bem ao contrário. Decerto que aquela cena me marcou. Esse o primeiro ângulo que avistei depois da morte do amigo e, talvez por isso, já não consigo apagar do pensamento a paisagem feia: aquele luminoso desgastado pelo tempo, com sua propaganda brega de birosca promíscua, meio laranja meio avermelhada, que piscará eternamente nos meus sonhos o pesadelo do seu nome, *Big Nights,* e junto dele a figura do meu pobre Satanás.

Este livro foi impresso em papel Soft Pólen, tipologia Merriweather 11/19.